행복을 일구는 사람들 이야기

마을에서 희망을 만나다

행복을 일구는 사람들 이야기

마을에서 희망을 만나다

2009년 4월 1일 처음 펴냄
2018년 4월 10일 7쇄 펴냄

지은이 박원순
펴낸이 신명철
펴낸곳 (주)우리교육 검둥소
등록 제 313-2001-52호
주소 03993 서울특별시 마포구 월드컵북로 6길 46
전화 02-3142-6770
팩스 02-3142-6772
홈페이지 www.uriedu.co.kr

ⓒ 박원순, 2009
ISBN 978-89-8040-337-0 03810

이 책은 희망제작소가  에서 연구비를 지원받아 집필했습니다.

이 도서의 국립중앙도서관 출판시도서목록(CIP)은 e-CIP 홈페이지(http://www.nl.go.kr/cip.php)에서
이용하실 수 있습니다.(CIP 제어번호:CIP2009000604)

박원순의 희망 찾기 1

행복을 일구는 사람들 이야기

마을에서 희망을 만나다

박원순 지음

이 사회의 희망을 위해 끊임없이 도전하며
지역을 위해 묵묵히 헌신하는 모든 분께
이 책을 바칩니다.

절망의 우물에서 희망을 긷다

아주 낯설다. 고향임에도 불구하고 '희망 찾기'의 첫 지역으로 오랜만에 찾아보는 여러 지역은 낯설기만 하다. 왜일까?

귀에 익은 사투리, 눈에 익은 농촌 풍경들이 여전히 친밀하게 다가오는 것은 사실이지만, 읍내는 아파트로 뒤덮여가고 농촌은 폐가로 무너져 내린다. 우리가 다니던 학교들은 폐교로 변한 지 오래고 동네에는 띄엄띄엄 노인들만 보인다. 시골에 남은 친구들도 거의 없다. 아무도 없는 그곳에는 이미 있는 길옆으로 또 다른 도로들이 건설된다. 도대체 누구를 위한 도로인가.

단지 고향만이 아니다. 전국 방방곡곡이 똑같은 문제들로 몸살을 앓는다. 도시 농촌 할 것 없이 병들어가고 있다.

농촌 마을의 사람들은 중소 도시로, 중소 도시의 사람들은 대도시로, 대도시 사람들은 서울로 간다. 아이들도 마찬가지다. 그래서 시골에는 아이들이 없다. 한 면에 한 초등학교라도 유치하자고 결의한 어느 시골 군에는 한 명이 다니는 학교가 남았다고 한다.

그렇게 떠나간 농촌 마을에는 돈 많은 도시 사람들이 와서 양계장을 짓고 골프장을 짓는다. 시골 군청이나 공공 기관의 직원들도 그 지역에 살지 않는다. 오히려 도시에서 농촌으로 출퇴근한다. 미국이나 유럽과는 정반대다.

우리의 농촌은 그렇게 버려졌고, 도시는 언제나 만원이다. 그러나 그 만원인 도시에서조차 지역공동체가 형성된 것은 아니다. 아파트의 옆집 사람과 서로 인사조차 나누지 않는다. 그런 의미에서 서울과 도시 사람들조차 '부평초 삶'을 산다. 한국에는 일정한 지역을 기반으로 한 정주성定住性이 희박하다고 말할 수 있다.

그러나 희망이 전혀 없는 것은 아니다. 아니, 오히려 그 반대이다. 지난 2006년 4월 희망제작소의 창립 때부터 지금까지 근 3년 동안 몇몇 희망제작소 연구원과 함께 전국 방방곡곡을 돌아다녔다. 이렇게 지역 순례를 하면서 나는 지역과 농촌이야말로 21세기 한국의 미래를 열어갈 '블루 오션'임을 발견했다. 절망적인 상황 속에서도 지역사회의 공동체를 복원하고 활성화하려는 집요하고도 다양하며 눈물겨울 만치 노력하는 사람들을 만났다. 그들을 보면서 답을 얻었다. 지역과 현장은 우리에게 문제의 본질과 더불어 그것을 해결하는 대안을 공급하는 원천이었다. 나는 바쁜 스케줄 속에서도 지역 투어를 위해 시간을 투자하고 꼼꼼하게 인터뷰했던 노력들이 본전을 충분히 뽑고도 남음이 있는 매우 생산적인 작업이었음을 확신한다.

내가 발견한 것은 결국 희망이었다. 모두가 떠나간 농촌의 폐교에서 그 학교에 아이들을 보내기 위해 '위장 전입'을 할 정도로 교육 부흥을 이룩한 교사들, 거듭된 농정의 실패로 빚더미에 올라선 농민들 가운데서도 창의적 발상과 남다른 노력으로 농업의 새로운 가능성을 연 농민들, 개인적 고난과 마을의 갈등을 극복하고 화합으로 지속 가능한 공동체로 이끈 이장들, 지역의 환경·여성·복지·언론·지역 정치 등 여러 영역에서 현저하고도 성공적인 캠페인을 벌여온 활동가들, 부패와 부조리, 비능률과 '철밥통'의 관료적 풍토 속에서 지역 주민과 지역공동체를 위해 헌신하는 일부 지방자치단체의 장과 지역 관리들이 바로 그런 희망의 제작자들이었다.

여기에 등장하는 사람들은 바로 그런 의미에서 우리 시대의 진정한 영웅들이고 이 사회를 올바르게 이끌어갈 리더들이다. 절망과 불가능 속에서 희망이라는 정화수를 길러낸 두레박 같은 존재들이다. 바로 이들이 증명한 사례들로 우리는 지역과 농촌이 결코 포기할 수 없는 가능성의 땅임을 확인할 수 있었다. 우리가 해야 할 일은 바로 이런 사례와 경험들이 다른 지역에서도 반복, 실현될 수 있도록 보편적 조건과 환경, 제도와 정책을 연구하고 구체화하는 것이다.

희망제작소는 지역홍보센터, 주민참여클리닉, 농촌희망본부, 조례연구소, 자치재정연구소, 소기업발전소와 커뮤니티 비즈니스 연구소 등을 그 산하에 설치하여 다양한 지원 조직을 만들고 전문가들을 네트워킹하고 다양한 자료와 정보를 축적하는 동시에 이를 자료집과 보고서, 책으로 발간해내며 이런 주제들에 관한 다양한 세미나와 간담회, 강연회를 개최하고 있다. 이 모든 일은 바로 그러한 연구와 실천을 바탕으로 한 구체적 노력의 일환이라고 할 수 있다.

이 책의 발간에는 참으로 많은 사람들의 노고가 숨어 있다. 지역 투어를 기획하고 주선하며 함께 지역을 돈 박은주, 석진규 연구원과 문종석 전 연구위원, 김병선 전 아름다운재단 간사와 함께 출간의 기쁨을 나누고 싶다. 지역 단위에서 이 투어를 주선하고 지원한 단체들과 지역 활동가들에게도 감사한다.

뿐만 아니라 바쁜 생활 속에서도 기꺼이 우리를 만나주고 인터뷰에 응해준 모든 분의 협력이 없었다면 이 책의 출간은 불가능했을 것이다. 내가 받아 적은 인터뷰의 내용을 말끔한 형태의 문장으로 바꾸는 과정은 이경희 희망제작소 연구원과 프리랜서인 이현구 씨가 담당했다. 사실상의 저자는 이들임을 밝힌다. 또한 어려운 출판 환경 속에서도 기꺼이 이 책을 출판한 우리교육 검둥소와 장미희 편집장에게도 감사의 말을 전하고 싶다.

앞으로도 필자가 만난 수천 명의 지역 리더들과 현장 이야기가 다양한 형태로 세상에 전달될 것이다. 이들의 삶과 이야기가 풍성한 희망의 밭을 일구기를 바랄 뿐이다.

2009년 3월, 안국동 사무실에서 봄을 맞으며

프롤로그 절망의 우물에서 희망을 긷다 6

1부 사람이 모여들고 마을에 돈이 돌고

'귀향 이장'의 승승장구 스토리_충북 단양 한드미마을 14

농촌 체험 공간 다랭이마을에는 폐가가 없다_경남 남해 다랭이마을 26

대형 마트를 이긴 사람들_충북 청주 육거리시장 36

사회적 기업을 넘어 지역경제공동체를 꿈꾸다
   _강원 태백 태백자활후견기관 46

언제나 미래를 사는 사람들_전북 임실 치즈마을 56

2부 땅에도 식탁에도 삶에도 생태 혁명

진실한 관계로 뿌리내리다_충북 괴산 솔뫼농장 68

자연의 섭리, 상호 연대를 위하여_전북 부안 산들바다공동체 78

농민운동에서 환경 농업공동체가 꽃피다_경북 의성 쌍호공동체 88

전통 두부 한 모의 희망_강원 횡성 지역순환영농조합법인 '텃밭' 98

유기농도 과학입니다_충북 괴산 친환경 농자재 은행 '흙살림' 108

3부 마을 문화가 예술이 되다

재래시장이 갤러리로 바뀌었어요_경남 마산 부림시장   122

양반들이 만든 전통 체험 마을_경북 고령 개실마을   132

파리까지 진출한 원주의 악바리 여성들_강원 원주 원주한지문화제   144

명품 도시? 배다리 문화 없이 어림없다
   _인천 배다리마을 대안 미술 커뮤니티 '스페이스 빔'   160

길게, 오래가는 장흥을 만듭니다_전남 장흥 문화 공간 '오래된 숲'   174

4부 생로병사, 생사고락을 함께하는 곳

옆집 아줌마, 앞집 아저씨가 만드는 '희망세상'_부산 반송동 사람들   188

우리 아이들 공부는 우리가 시킨다_충북 청주 금천동 마을장학회   198

생명을 살리는 작은 손들_경남 김해 생명나눔재단   206

마을 곳곳에서 정치 참여까지 주민들의 운동은 끝이 없어라
   _충남 천안 한국청년연합회   216

생협 천국 원주의 의료생협 도전기
   _강원 원주 원주협동조합운동협의회와 원주의료생협   224

마을 희망 찾기에 도움 주신 분들   238

1부

사람이 모여들고 마을에 돈이 돌고

한드미야
활짝
웃어라

'귀향 이장'의 승승장구 스토리

__ 충북 단양 한드미마을

전국 각지를 돌며 많은 이장들을 만났다. 그들과 함께 돌아다니고 이야기를 나누면서 잘되는 마을에는 극성스러운 이장이 있음을 알았다. 잘되는 마을, 극성스러운 이장이 있는 곳 중 하나가 바로 충청북도 단양군 '한드미마을'이었다.

마을 이장 정문찬의 귀향은 두 번째다. 두 번째 귀향 때도 첫 번째 귀향 때와 마찬가지로 농촌 부흥의 꿈이 있었다. 농사를 지으면서 이장 자리까지 맡아 무진장 노력했다. 많은 시련과 주변의 오해를 이겨내고 마을 운동의 모범 사례로 이름이 났고, 노무현 전 대통령이 재임 시절 방문할 정도로 성공을 일구어냈다.

서울특별시장보다 작은 마을 이장을 하기가 어려운 법이다. 모든 것이 갖춰진 곳에서 희망을 만들기보다 이미 사그라진 가능성을 다시 찾아가며 희망을 만들어야 하는 것이다. 부산이라는 큰 도시에서 혜택을 누리며 살다가 마음에 품었던 고향으로 돌아가 고향을 일으킨 정문찬 이장. 서울특별시장보다 더 훌륭한 마을 만들기 지도자다. 그리고 그 곁에는 그를 그렇게 만들어준 고향과 고향 사람들이 있었다.

어머니에 곧잘 비유되는 고향은 늘 넉넉하고 편안하다. 날 위해 뜨끈한 아랫목에 묻어둔 따뜻한 밥 한 공기를 꺼내시는 어머니처럼 언제든 날 받아줄 만한 곳이 고향인 것이다. 하지만 이런 생각과는 달리 귀향은 쉽지 않다.

도시로 떠난 뒤 명절 때마다 선물을 한 아름 싣고 내려오는 이들을 보며 다들 성공했다고들 말하고, 조용히 귀향하는 사람들에게는 도시 생활에 실패해 내려온 건 아닌지 의심의 눈길들을 보낸다. 그럼에도 마음속에 있는 고향, 그러나 다시 찾기 쉽지 않은 고향으로 당당하게 귀향해 성공한 이들도 있다. 귀향 그리고 귀향에서의 성공. 그들은 지금 하나의 사회적 현상을 일으키고 있다.

정문찬 이장 역시 귀향할 때부터 당당했고, 지금도 여전히 당당하다. 나름대로 귀향에 성공하기까지 했다. 심훈의 《상록수》를 읽고 감동을 받으며 귀향을 생각하고 농촌 운동을 계획한 사람, 도시에서 돈을 벌면 고향에 가 내 뜻을 펼치리라 꿈을 품고 살아온 사람. 정문찬 이장은 바로 그런 사람이다.

그의 첫 귀향은 고등학교를 졸업하고 나서였다. 젊은 패기를 가득 안은 채 농촌 운동을 하겠다는 포부로 고향을 찾았다. 30년 전인 1978년의 일이다. 양계 농사를 지으면서 농촌 운동을 하려고 했지만, 양계 농사를 망치면서 생계를 위해 다시 부산으로 떠났다. 그리고 처음 귀향 후 20년 만인 1998년 고향으로 다시 발길을 돌렸다. 부산에서 직장 생활을 하다가 고향에서 사업을 시작하는 형을 돕기 위해서였다.

물론 고향에 다시 오기까지 아내의 반대가 심했고, 우여곡절도 많았다. 그럼에도 고향을 다시 찾을 거라는 생각을 버리지 않았고, 결국 마음을 정할 수 있었다. 고향으로 돌아가기로 마음을 정하자마자 부산 살림도 일사천리로 정리했다. 마음이 가벼운 만큼 발걸음도 가벼웠다고 한다.

고향에 돌아온 그는 집안 땅과 처가 땅을 가지고 농사를 지으면서 이장까지 맡았다. 고향에 가기로 마음먹었을 때부터 자신만을 생각해 가볍게 결정한 것은 아니었다. 그렇기에 이장 자리를 주저 없이 받아들였을 것이다.

그의 이장 활동은 그의 젊음과 패기만큼이나 활발했다. 우선 행정관청의 사업을 따내서 이런저런 일을 벌였다. 주차장 문제를 해결하기 위해 다목적 광장을 만들었고 '산촌종합개발', '녹색농촌 체험마을' 등에 참여하기도 했다. 그런 일을 하나하나 해나가면서 눈이 뜨였다. 물론 관이 집행하고 마을에서 관리하는 정도이긴 했지만, 주체적인 측면도 없지 않아 좋은 경험이 되었다. 마을에서 어떤 사업을 할지 계획을 세우고 프로그램도 직접 진행하면서 농산물 판매까지 했기 때문이다.

알차게 진행을 하니 주민들도 좋아했고 입소문도 타기 시작했다. 그 후에도 행정자치부에서 실시하는 정보화 마을에 대한 계획서를 내어 뽑혔고, '팜 스테이 마을'로도 지정되었다. 팜 스테이 마을 지정 때는 돈을 지원받지 않았지만 마을 홍보가 잘되었다. 그때부터 한드미마을은 전국적으로 이름이 알려지기 시작했다.

마을 운동의 새로운 모델을 만들다

한드미마을에 대한 소문은 청와대 담도 넘었다. 노무현 전 대통령이 재임 시절 한드미마을을 찾았다. 대통령이 찾은 마을이니 다른 사람들이 찾지 않을 리 만무하다. 도대체 어떤 마을이기에 하는 궁금증에 눈코 뜰 새 없이 바쁠 정도로 많은 사람들이 찾아왔다. 작은 마을이지만 2003년에 2천 7백 명, 2004년에 7천 명, 대통령이 방문했던 2005년에 만 7천 명, 2006년에는 2만 천 명으로 해마다 방문객이 기하급수적으로 늘었다. 올해는 거기에 몇 천 명 더 늘려 목표를 잡았단다. 목표 달성이 어려울 것 같지 않다.

여러 마을을 한 덩어리로 묶어 권역별로 개발하는 '농촌마을종합사업'에도 선정되었다. 다섯 개 리, 자연 부락으로는 열네 곳이 모여서 하는 개발 사업이었다. 한드미마을이 중심이 되어 사업이 이루어졌고, 총 서른여섯 가지 농촌종합개발 사례 가운데 한드미마을의 진척률이 제일 높다.

모델 없는 이 사업에서 한드미 사람들은 새로운 모델을 만들어가고 있다. 하나의 모델을 만들어나간다는 것, 어떤 사업의 모델이 된다는 게 쉬운 일이 아님은 당연하다. 어떤 방향으로, 어떻게 개발해야 할지 처음부터 많은 논의가 오갔다. 처음 시작할 때는 '무조건 아름답고 생태적으로'라는 생각을 가지고 접근했지만, 조금 더 구체적이며 이 마을의 특색을 담아낼 수 있는 새로운 접근이 필요했다.

젊은 사람들이 많지 않은 가운데서도 주민들의 참여도가 높고 참여 시스템이 잘 구축되어 있는 점! 이것이 바로 한드미마을의 힘이었다. 컨설팅하는 사람들도 새로운 마을 운동의 모델이라며 높이 샀다. 견학을 오는 사람들도 생겼다.

돌담 쌓고 잔디 덮고 전신주 묻고

정문찬 이장은 늘 바쁘다. 농촌 개발 사업이 아직도 진행형이기에 할 일이 많다. 생태 마을을 목표로 말이다. 생태 마을이 대안이고 미래의 방향임은 너무나 자명하다며, 어떻게 차별화해서 생태 마을을 제대로 만들 것인지가 문제라고 한다.

오폐수 관과 전신주를 땅에 묻고, 시멘트로 포장된 길을 걷어내 잔디 광장을 만들고, 새마을운동 시절 만든 벽돌담을 모두 돌담으로 바꿨다. 멀쩡한 것을 왜 뜯느냐며 반대하는 사람들도 있었다고 한다. 그럼에도 불구하고 자기가 할 수 있을 때 해야 한다며 몸을 계속 움직인다.

한드미의 생태 마을로의 변신은 계속 진행 중이다. 그러나 정문찬 이장은 아직 친생태적이라고 생각하지 않으며, 그동안 달려온 것보다 더 많이 달려가야 한다고 말한다.

그가 생태 마을로 만들려고 8년을 공들이는 동안 마을 사람들의 생각이 조금씩 변하기 시작했다. 친환경 농사도 처음에는 정문찬 이장만 지었지만 지금은 모두 우렁이 농법을 쓴다. 제초제도 거의 안 쓰려고 노력한다.

권역 사업을 하는 가장 큰 목표가 골짜기 전체를 청정 구역으로 만드는 것이라고 한다. 계곡을 살리기 위해 오폐수가 유입되지 않도록 하는 거다. 다른 마을도 진행할 생각이라니 이제 청정 구역을 더 많이 볼 수 있겠다. 한드미마을처럼 되려면 그들이 공들인 8년의 시간만큼 걸리겠지만.

시간에 쫓겨 사는 우리지만 어떤 일을 관철시키기 위해, 궁극적으로 삶을 누리기 위해 시간을 투입하는 일은 어쩔 수 없는 일이리라. 한드미마을의 8년과 다른 마을의 앞으로의 8년 또는 그 이상의 시간처럼 말이다.

토론으로 모으고 교육으로 바꾼다

들이는 시간만큼 노력 또한 크고 깊었다. 매주 한 번씩 농촌종합개발사업의 대상 지역인 다섯 개 리 사람들이 모여서 권역 회의를 한다. 하지만 의견 모으기가 쉽지는 않다. 정문찬 이장의 말처럼 화투 치다가 다투면 겨울 내내 경로당을 찾지 않는 사람들이 시골 사람들이다. 그렇기에 계속 반복적으로 이야기해주는 수고는 필수다.

그나마 쉬웠던 건 4년 정도 사업을 진행하는 동안 돈이 벌리는 것을 목격해서 사람들의 눈이 바뀌었고, 자신들의 마을을 좋은 모델로 생각했기 때문이다. 그래서 정문찬 이장이 제안한 권역 사업

생태 블록 길을 따라 마을 오폐수 시설, 연탄 창고, 골목길로 이어지는
한드미마을 이곳저곳을 둘러보며 정문찬 이장에게 꿈을 묻고 답을 들었다.
"이곳을 정말 특별한 생태 마을로 제대로 만드는 겁니다."

에 쉽게 동의했다. 그 사업이 확정되고 나서 그는 다섯 개 리에 설명을 하러 다녔다. 매번 5일씩, 밤마다 다섯 시간씩 서서 설명했다고 한다. 다섯 마을을 다 돌고 나니 몸살이 다 나더라고 하면서도 수고스럽지 않았단다. 참 대단한 사람이다. 오히려 꿈이 현실이 되어가는 길목에서 기쁨을 느꼈다고 한다.

곧 각 마을에서 다섯 명씩 참여하는 추진위원회가 결성되었다. 이장만 참여하는 형식이 아니라 마을 주민들이 함께 참여하는 열린 구조로 이루어졌다. 하나의 의제를 가지고 토론하고, 논의는 난상에 빠지지 않도록 생산적으로 유지해갔다. 녹색 관광green tourism, 축산, 유통, 산림 등의 핵심적 주제는 분과를 만들어 별도로 토론했다.

그렇다고 해서 모든 사람을 이해시킬 수 있는 것은 아니었다. 모두를 안은 채 끌고 갈 수 있는 일이 얼마나 되겠는가. 그래서 우선은 정책을 이끌어갈 이장들과 반장들을 정확히 이해시키고, 그들이 주민들에게 설명하는 방식으로 방향을 바꿨다. 이와 더불어 교육을 병행했다. 교육은 사람들을 변화시키는 가장 중요한 방법이고 가장 정확한 길이다.

오사카를 중심으로 시가 현, 에치젠, 후쿠이, 도야마 등 일본의 산촌 지역에 견학도 갔다 왔다. 그러고 나니 사람들이 달라지는 게 눈에 보였다. 교육의 중요성을 다시 한 번 깨달은 순간이었다. 그 밖에도 매주 목요일 저녁 8시부터 10시까지 외부 강사를 초청해 리더 교육도 받았고, 국내 선진 지역인 횡성 한우마을, 밤두둑, 고라데이(골짜기)마을 등으로 견학을 가기도 했다. 농협 강당을 빌려 6회에 걸쳐 1박 2일씩 세 번, 권역의 310가구 767명을 대상으로 주민 동기화 교육을 하기도 했다.

교육의 중요성은 너무나 잘 알지만, 교육이 효과를 거두게 하기는 쉬운 일이 아니다. 우선 좋은 교육 프로그램을 만들어야 하고, 많은 사람들이 프로그램에 참여해야 한다. 농사일 하나로도 바쁜데 교육받기가 쉽지 않을 것이다. 이를 누구보다 잘 알기에 정문찬 이장은 지금도 마을 사람들과 어울리는 일을 게을리 하지 않는다.

교육보다 사람들을 모으는 게 우선이었다. 처음 교육을 하면 세 번 정도는 예의로 나오지만, 그다음부터 안 나온다는 게 문제였다. 그래서 방법을 강구했다. 어느 겨울, 난방비 때문에 닫아놓았던 경로당, 회관 등에 쌀을 내놓았다. 김치만 있으면 거기서 밥을 해서 먹을 수 있으니 사람들이 모이기 시작했다. 나중에는 닭발, 닭똥집, 돼지고기 등을 부탁해 가지고 와서 방송을 했다. 그랬더니 이 사람들이 경로당에 나가는 게 일과가 되었단다.

게다가 정문찬 이장은 마을 사람들 사이에 끼어 한마디라도 거든다고 일부러 고스톱까지 배웠다. 젊은 놈이 고스톱까지 쳐주니 누군들 좋아하지 않겠는가. 그러다가 그 자리에서 회의도 하고 교육도 하면서 사람들의 이해를 얻어갔다. 그런 그들이 이제는 이장이 뭘 한다고 하면 무슨 일인지도 모르고 해보라고들 한다.

마을 사람들의 힘이 한데 모이니 일이 잘될 수밖에 없다. 노무현 전 대통령이 방문했을 즈음에는 마을의 모든 주민이 다 사업에 참여했다. 다른 마을에서 깨기 힘든 기록이다. 절의 스님들과 교회의 목사들까지 한데 모여 마을 일을 고민했으니 당연하다.

하지만 모든 것이 승승장구, 뻥 뚫린 고속도로처럼 시원하게 해결된 것은 아니었다. 수많은 어려움이 있었고, 고민이 있었다. 정문찬 이장이 가장 힘들었을 때는 언제였을까?

손에 꼽을 수 없을 만큼 많지만, 가장 힘들었던 건 마을 사람들이 마음에도 없는 소리를 할 때였다고 한다. 시골의 리더라면 모두 겪었을 법한 일이다. 지금도 돈이 들어오면 얼마를 먹을 것이고, 자기 배만 불리려고 이러저러한 사업을 한다는 이야기가 심심찮게 들려온다고 한다.

맞다. 누가 그런 소리까지 들으면서 이장 일을 하고 싶겠나. 그래서 이 일을 계속해야 하나 말아야 하나 고민도 많았다고 한다. 그런데 그런 일을 몇 번 겪으면서 정문찬 이장은 깨달았다. 스스로만 깨끗하면 한 달이면 진실이 밝혀진다는 것을. 곧 나만 떳떳하면 된다고 생각을 고쳐먹었고, 지금은 거의 초월한 듯하다.

어떤 일을 하든 같이해주는 사람들이 가장 큰 힘이 된다. 누구든 그 사람들이 등을 돌릴 때 가장 힘들 것이다. 결국 그는 초월의 경지에 이를 때까지 수많은 어려움 속에서도 자신의 계획을 관철시키고 원하는 사업을 원하는 방향으로 이끌어왔다.

주민 간의 관계만 회복하면 관과의 사이에서 발생하는 갈등은 아무것도 아니다. 주민들이 밀어주면 저절로 해결되게 마련이니까. 정문찬 이장은 이 모든 것이 복이라고 이야기하지만, 그 복은 하늘에서 절로 떨어진 게 아니라 스스로 갈고 닦아 만든 행운이다.

다시 한 번 대단한 사람이라고 생각하면서 그에게 물었다. 현재

하고 있는 농촌종합개발을 끝내고 나면 무엇을 하고 싶은지, 앞으로의 꿈이 무엇인지. 단연코 그는 앞으로의 계획은 없다고 말한다. 권역 사업도 아직 멀었다며, 지금의 일에 더 충실하고 싶다는 뜻만 전한다.

갑자기 그가 생각만 해도 신이 나는지 흥분하며 말을 잇는다. 뭔가 꼬투리를 잡기 위해 나온 것처럼 철옹성 같던 분들이 견학을 갔다 오고 대화를 하면서 달라진 게 느껴져서 너무 뿌듯하단다. 다섯 개 리에서 다섯 명씩 함께 모여 일을 하니 신도 나고, 혼자 어렵게 일하다가 30여 명과 권역 일을 같이하니 성공도 확신한단다. 주민들과 회의를 통해 뜻을 합하고 함께 뭔가를 이루어가는 게 너무나 좋다고 한다.

신 나서 하는 일이다 보니 결실도 크다. 농사짓는 방법에서부터 산림개발 방식까지 합의가 이루어졌다. 군에서도 국유림, 군유림을 임대해주겠다는 화답이 왔다.

한드미마을이 벤치마킹 대상이 되듯 이 마을을 가꾸어놓은 정문찬 이장에게도 외부 강연 요청이 많다. 하지만 마을 일에 몰두해야 한다는 생각에 강연 요청을 한사코 거부한다. 오히려 필요하다면 마을로 와주기를 부탁한다. 자기 말보다는 마을을 직접 보는 것이 더 좋으리라는 판단도 있지만, 이렇게 해서라도 마을이 더 알려질 수 있다면 이 또한 좋은 일이기 때문이다.

사실 그 생각의 뒤편에 얼마 되지 않는 강연료라도 사람들의 오해를 사지 않을까 하는 걱정도 있다. 사람이 여럿이면 강연료 얼마 가지고도 오해받기 십상이다. 이런 정문찬 이장을 보며 마을 CEO, 리더의 힘이 크다는 것을 새삼 느꼈다.

농촌 체험 공간 다랭이마을에는 폐가가 없다

남해 남면 끝자락에 마을 자체가 하나의 건축물이라 해도 좋을 가천 '다랭이마을'이 있다. 바닷가를 접한 그 마을은 오로지 농사에 의존해 살아간다.

다랭이마을에 도착했을 때 가장 먼저 떠오른 느낌은 '생명력'이었다. 백 층이 넘는 다랭이 논배미들은 아직 푸른 싹을 틔우지 않았으나 바다를 향해 가파르게 뻗은 논과 오밀조밀 모인 마을의 풍경은 아찔한 생명력을 보여주고 있었다. 해안 절벽에서 논과 마을을 개간했을 그 몇 년 또는 몇 십 년, 아니면 그 이상의 세월과 수십 또는 그 이상의 사람들. 바닷바람을 맞고 자라는 벼보다 강한 그들의 생명력은 입을 다물지 못할 다랭이마을의 풍경만큼이나 놀라움을 주기에 충분했다.

그곳에서 눈빛과 말로 대단한 열정을 전하는 김주성 이장과 김학봉 새마을 지도자를 만났다. 이들은 농촌만이 가진 장점을 알았으며, 이를 현실에 옮길 줄도 알았다. 그래서 지금의 다랭이마을이

있다. 절벽 같은 경사지에 농사를 짓고 사는 그 마을은 이제 전국
적으로 조명을 받는 최고의 농촌 체험 마을이 되었으며, 폐가가 없
는 시골 마을이 되었다. 그런 이들에게 이장이나 새마을 지도자와
더불어 '관광 기획자'라는 호칭을 얹어주고 싶었다.

불모의 땅에서 정 있는 농촌 테마 마을로

다랭이마을에는 신라 때부터 사람이 살았다고 한다. 사실 이 마
을은 사람이 살기 힘든 곳이다. 농사를 짓기에는 경사가 너무 심하
고, 어업을 하기에는 파도가 센 데다가 배를 댈 곳도 없다. 하지만
바닷가 마을이어서 잦은 흉년에도 뭔가 먹을 것들이 많다는 장점
이 있었다. 그래도 밥은 먹어야 하니 경사가 높은 땅을 개간하기
시작했다. 김주성 이장이나 김학봉 지도자가 어렸을 때도 개간을
하고 있었다니 그 역사가 참 오래다.

이 마을에 변화가 오기 시작한 것은 2002년 무렵이었다. 그 당시
농촌 관광사업이 막 시작되었는데, 농촌진흥청에서 추진하는 '농
촌테마관광마을'로 지정되었다. 남해군청에서 "이런 사업이 있는
데 해보지 않겠는가" 해서 보니 1억 원이나 준다고 했단다. 이 작은
시골 마을에서 어떻게 응하지 않을 수 있었겠는가.

그런데 막상 일을 벌여놓고 보니 보통 힘든 일이 아니었다. 소득
이 올라야 주민들이 신이 날 텐데 그게 안 된 거다. 막 시작하는 마
을에 사람들이 올 리가 없었다. 2002년 말에 포기할까 생각도 했었
지만, 외지에서 온 사람들의 반응을 보고 그 생각을 접었다고 한

"다랭이마을을 찾는 분들에게 우리가 정을 주자!
내 가족에게 하는 것처럼 최선을 다하자 결의하니
부족한 부분도 채워지고
그 마음이 통했는지 찾는 사람도 더 늘었심더."

다. 이구동성으로 "정말로 아름답다", "외국에 온 것 같다"고들 했던 거다. 이들 눈에 뭔가 보였다. 잘만 하면 삶이 나아지지 않겠는가 하고 마음먹었다고 한다.

제일 취약한 것이 잠자리와 음식이었는데, 외지인들 역시 불만을 많이 늘어놓았다. 잠자리를 고치려면 시설이나 돈이 많이 들어갈 수밖에 없다. 그래서 '우리가 뭘 잘할 수 있나', '뭘 줄 수 있나' 생각하다가 내린 답이 이거였다. 정!

다랭이마을 집집마다 정을 표현하는 방법이 있다. 어떤 집에 가면 방문한 사람에게 무조건 농산물을 준다. 가격이 2천 원, 3천 원밖에 안 되지만, 그걸 받은 사람들은 잊지 못한다. 또 차가 있는 주민들은 차 없이 오는 사람들을 데려오고 데려다준다. 차가 일찍 끊기면 택시를 타고 오라고 하는 대신 직접 데리러 간다. 택시비도 읍내에서 들어가면 만 원이 넘어간다. 그리고 반드시 방문한 사람들과 대화를 나눈다. 이런저런 동네 이야기, 경치 이야기, 날씨 이야기 등을 하다 보면 정이 깊어지게 마련이다.

김주성 이장과 김학봉 지도자는 다랭이마을을 찾는 사람들에게 내 가족들에게 하는 것처럼 최선을 다하자고 결의했단다. 그랬더니 부족한 것들이 다 묻히더란다. 그 마음이 전해졌는지 방문했던 사람들이 인터넷에 글을 올리면서 방송에도 알려져 보도가 이어졌다. 지금도 인터넷에서 '다랭이마을'을 검색하면 엄청나게 많은 글이 뜬다.

물론 여기까지 오면서 굴곡도 많았다. 주민 중에 호응하지 않는 사람도 있었고 방관하는 사람, 반대하는 사람도 있었다. 지금은 소득이 생기고 어느 정도 궤도에 오르니 달라졌지만.

이 궤도에 오르기까지 이들은 많은 것들을 배우고 시도해봤다고 한다. 경상도 사람들이라 무뚝뚝하다고 해서 고치려고 회의도 하고 배우기도 했다. 경상도 음식이 본래 맛이 없다고들 하기에 딴 곳의 맛을 배웠다. 하지만 결국에는 조상들이 먹어왔고 자신들이 먹는 음식을 같이 먹는 게 더 의미가 있을 거라는 생각에 마음을 바꿨다. 옛날 된장과 멸치젓을 활용하고 여기에 옛날식으로 담가서 방문객들에게 제공하니 그것 하나로도 반응이 좋았다.

이와 더불어 어쨌거나 관광이니 프로그램을 차별화하는 데도 무척 신경을 썼다. 도시 사람들은 다랭이마을에서 뭔가 특별한 경험을 많이 하고 싶어 한다. 그래서 어른이나 학생들에게 맞는 체험 프로그램을 만들고 있다. 김주성 이장이 대표적인 프로그램이라며 소개를 하는데, 얼마나 종류가 많은지 소개가 끝이 없다. 그는 누구라도 이 마을에 와서 체험을 하면 평생 못 잊게 하려고 애를 쓰고 있다. 그리고 그 결실이 점점 더 크게 맺어지고 있다.

다른 무엇보다 가장 중요한 것은 '마음의 여유와 정'이라고, 마음의 여유를 줘야 한다고, 옆도 돌아보고 이웃도 생각해야 한다는 이들의 말이 아직도 마음에 남아 있다. 마음의 여유와 정을 주다 보면 자연히 돈도 벌리게 된다는 말과 함께.

민박은 다랭이마을의 수입 중 큰 부분을 차지한다. 그리고 거기서 나오는 수입에서 10퍼센트를 떼서 마을 공동 기금에 보탠다. 공동 기금은 마을 곳곳의 수리, 마을 행사, 마을 복지사업에 쓴다. 연간 7백만에서 8백만 원 정도가 적립되지만 여전히 모자란다. 연간 2천만 원가량이 마을 경비로 쓰이기 때문이다.

다랭이마을이 활성화된 데는 몇 가지 이유가 있는데, 첫 번째가 돈이다. 이들이 가장 고민한 부분은 민박을 안 치는 사람들에게는 돈이 안 된다는 것이었다. 민박 안 하는 사람들에게도 벌이가 되도록 여러 조치를 취했다. 전통 막걸리를 개발하고 도시 사람들의 기호를 읽어 톳, 미역, 잡곡 등을 가지고 식단을 꾸미고 그것을 도시 사람들이 먹어보고 사 가도록 했다. 농사를 지어 팔 수도 있고 미역 등을 따서 수입을 올릴 수도 있게 된 것이다. 인터넷 판매도 하고 방문자들이 사 가기도 한다. 지금은 집집마다 고객을 확보하고 있다. 주문이 오면 택배로 보낸다. 거미줄처럼 고객들과 주민들이 얽혀 있다. 품질이나 가격은 통합 관리한다.

주민들과 외지 관광객들 사이에 고리와 교감이 생기고, 이는 삶의 의욕과 활력으로 이어졌다. 죽었던 마을이 살아 있는 마을이 된 것이다. 무척 고맙게도 외지인들이 들어오면서 주민의 70퍼센트 이상을 차지하는 60대 이상의 할머니, 할아버지 들의 삶에도 의욕과 활력이 생겼다고 한다.

다랭이마을을 방문하는 백 명 중 70명은 "너무 좋다", "다시 오겠다"고 한다. 즐길 거리, 먹을거리, 볼거리를 많이 주기 위해 노력하기 때문이다. 친구들까지 불러 다시 찾기도 한다. 잊을 수 없는 추억을 만드는 것이다.

2005년에는 민박을 하고 간 사람들이 만 명쯤, 단순 방문객까지 합치면 18만 명쯤 된다. 체험 마을을 하기 전에는 마늘만 팔아서 1억 2천만 원의 수입을 올렸는데, 이제 관광 수입만 8억 원이다. 큰돈이고 꽤나 성공했다고 생각할 만도 한데, 그래도 이들은 아직 멀었다고 한다.

18만 명 중에서 5천 원만 쓰게 만들어도 9억 원이 된다. 만 원을 쓰게 하면 18억 원이다. 이들은 돈 버는 방법을 연구하고 있다. 이 곳에서 제일 불편한 것이 식당이 없다는 점이다. 큰 식당보다는 정 취를 느낄 수 있는 작은 식당을 만들고자 한다. 산책 코스도 부족하 다. 찻집이나 카페 같은 것을 만들어두면 방문객들이 좋아할 것 같 아 서너 군데 만들려고 한다. 물론 이것은 마을 전체가 공동으로 운 영하는 영업장으로 해서 주민들에게 이익이 돌아가도록 할 것이다.

다랭이마을 보존을 위해 트러스트를 만든다

다랭이마을 전망대에서 보면 벼가 들어차 있을 때 가장 전망이 좋다. 그런데 나이 많은 분들이 휴경을 하다 보니 이 빠진 경치가 된다. 어떻게 하면 모든 주민이 논을 완전히 경작할 수 있도록 할 까 고민을 하다 나온 것이 '다랭이 논 트러스트'다.

다랭이마을 회원 5백 명과 군청, 전문 학자들이 힘을 합쳐 다랭 이 논 트러스트를 만들었다. 그것이 '다랭이 한마음 나누기'이다.

다랭이마을을 다랭이마을이게 하는 다랭이 논.
수백 명의 회원들과 군청, 전문 학자들이 만든 다랭이 논 트러스트가 희망으로 이곳을 지키고 있었다.

5만 원을 납부해 회원이 되면, 그 돈으로 다랭이마을 사람들이 농사를 짓고 수확한 다랭이 마늘, 다랭이 쌀, 겨울초, 시금치, 톳 등 연 3회 친환경 농산물을 제공받는다. 회원들은 농촌을 살리고 보존한다는 보람도 느끼고 친환경 농산물까지 얻을 수 있다. '한국농촌경제연구원'의 김태곤 박사와 함께 일을 추진하고 있다.

김주성 이장과 김학봉 지도자가 일본을 방문했을 때 '다랭이연구학회'를 알았다. 그 학회 사람들이 다랭이마을에 와서 보고 한일 공동으로 다랭이 연구를 해보자고 했다. 김태곤 박사 등과 여기를 다녀보고 함께 고민하면서 트러스트 아이디어를 냈다. 일본 쪽 관계자들도 같은 고민을 안고 있었다고 한다. 하지만 그쪽은 주민들이 심은 작물들로 경관을 이루고 있는데, 다랭이마을의 경우에는 아직 거기에 못 미친다.

이들이 마을을 운영하면서 제일 걸리는 게 논이라고 한다. 다랭이 논이 핵심인데, 이것이 없으면 마을의 생존을 장담하기 힘들다. 그래서 3백 명에서 5백 명을 모아 다랭이 논 트러스트를 확대했다. 남해군 농업기술센터와 협의해 합의를 끌어내기도 했다.

다랭이마을에서, 그리고 떠나는 차 안에서 마음이 훈훈했다. 나와 더불어 모두가 행복해지는 그 땅, 천혜의 자연환경과 마을 사람들의 따뜻한 정이 백 층도 넘는 다랭이 논배미만큼이나 켜켜이 쌓이는 그곳에서 우리나라 농촌의 행복을 꿈꿔본다.

한미 FTA 반대를 외치며 거리로 나선 농부, 엽총을 든 농부 모두 행복해지는 농촌은 어쩌면 아주 어려운 일이 아닐지도 모른다. 도시 사람들이 그들을 잊지 않고, 그들이 스스로 지금과는 다른 길을 걷고 농촌 사람들과 함께한다면 말이다.

형제
침구
259-3601
237-4491
페인트 화공
259-S175

대형 마트를 이긴 사람들

어릴 적 엄마 치마 *끄트머리*를 붙잡고 복작복작한 시장을 돌아다니다 보면 별천지가 따로 없었다. 시큼한 막걸리 냄새에 코를 맡기기도 하고 오색 옷들에 눈길을 빼앗기기도 했다. 여기저기 시끄러운 소리 틈새로 곧잘 농가農歌가 흘러나오며 들도 보도 못한 가락들이 귀를 울렸다. 날랜 엄마의 발걸음을 따라잡기가 여간 힘든 일이 아니었지만, 그럼에도 나는 시장에 가는 게 좋았다. 사람 냄새, 음식 냄새에 가락이 어우러지고, 내 것이 아니어도 풍성한 그곳이 좋았다.

하지만 이건 어디까지나 옛날의 시장, 흔히 말하는 재래시장의 옛 영광의 한 단면일 뿐이다. 요즘 재래시장은 목구멍이 포도청이다. 살아남느냐, 사라지느냐 두 갈림길에서 모두 발버둥 치고 있다. 재래시장 상품권을 발행하고, 재래시장을 현대화하고, 주차장을 들이고, 지방자치단체나 지역 기업을 대상으로 '재래시장 이용의 날'을 정하기도 한다. 그래서 살아남은 자는 살아남은 자로서 더 많은 책임감을 가지고 더 많은 어려움에 봉착하면서 살아남기를 계속하고 있다.

청주 육거리시장은 살아남았다. 면적 3만 평, 상가 점포 수 천 5백여 개, 종사원 수 3천 5백여 명, 하루 매출액 7억 원에 이르는 움직이는 거대 기업 육거리시장. 3천 5백여 명의 깨침과 천 5백여 개 점포의 새 각오와, 3만 평의 새 단장으로 살아남았다. '진짜' 제 살 깎기와 변화로 살아남았기에 이들의 변화는 끝이 없다. 하나의 고개를 넘었을 뿐 앞에는 더 많은 산이 거대한 위용을 드러내며 기다리고 있으니 이들에게 안주는 없다. 변화만 있을 뿐이다.

육거리시장 사람들, 대형 마트에 맞서다

육거리시장은 청주 최대의 전통 재래시장이다. 청주 유일의 하천인 무심천변에 우시장이 형성되면서 자연스럽게 먹을거리와 생필품을 교역하는 장소가 되었다. 하지만 다른 재래시장과 마찬가지로 1990년대부터 가속화된 대형 마트와 쇼핑몰, 홈쇼핑, 인터넷 쇼핑몰 등에 최고의 상가라는 지위를 양보하고 쇠퇴를 거듭했다. 다른 시장들처럼 거의 문을 닫을 형편이었다.

하지만 시장 사람들은 강했다. 각 구역의 번영 회장들이 급히 모여서 연합회를 만들어 움직이기 시작했다. 가장 처음으로 대형 마트의 셔틀버스 운행을 중단하라고 시위를 했다. 버스 조합, 재래시장, 슈퍼마켓 연합회, 경실련 등이 함께 힘을 보탰다.

결과적으로 셔틀버스는 중단되었다. 운동을 하면서 사람들이 깨

치기 시작했다. 상인들도 적극적으로 나서며 육거리시장 활성화를 위해 노력했다. 물론 황무지에서 시작해 실패도 많이 했지만, 결과적으로 그런 실패가 지금의 시장 활성화에 밑거름이 되었다.

재래시장 살리기는 하나하나 단계를 넘어가면서 진행되었다. 셔틀버스 운행을 중단시키고 나서는 정부로부터 지원을 받아 아케이드 공사를 했다. 재래시장 현대화 사업의 하나였다. 35억 원이 들어갔지만, 생각만큼 고객은 늘지 않았다. 문제는 스스로의 변화였다. 아침 첫 손님이 값만 물어보고 가면 하루 장사가 어렵다며 소금 뿌리는 기존의 자세로는 아케이드를 설치한다고 해서 손님이 올 리 만무하지 않은가. 상인들의 의식은 하루아침에 바뀌는 게 아니지만, 시장의 현대화보다 더 중요하다.

그러는 사이 대형 마트가 들어왔다. 그러면서 자연스럽게 중년층 이상의 고객들이 시장을 찾게 되었다. 2000년에는 주차장을 만들었는데, 그해가 육거리시장 활성화의 원년이 되었다. 물론 주차 전쟁을 극복하는 데 4년 정도 걸렸으니 쉬운 일은 아니었다. 그뿐이 아니다. 일회성에 그치지 않고 지속적으로 이벤트를 했다. 한 달에 한 번 꼴로 이벤트를 진행했다니 준비하는 데 대단한 공을 들였을 터이다. 하지만 그사이 또 다른 대형 마트가 화려하게 개장했다.

판매 교육에서 시장 활성화로 이어가며

변화의 맨 앞자리에서 '전진'을 외치는 민성기 육거리시장 상인연합회 회장이 자신들의 노력들을 펼쳐 보인다. 꼽아보니 열 손가

락이 훌쩍 넘어간다. 상인연합회를 구성해 한목소리를 내어 움직였고, 아케이드나 주차장 등의 편의 시설을 확충했으며, 지속적인 이벤트는 기본이고, 고정 손님을 유치하기 위해 부녀회 그리고 기업체와 자매결연을 했다. 인터넷 쇼핑 기법인 '공구', 즉 공동 구매를 도입하고 노점 좌판까지 규격화했다. 그가 한 일 중에서도 가장 중요한 것은 바로 상인들의 의식을 개혁하기 위해 판매 기술 등 여러 가지 교육을 통해서 전문 상인으로 육성한 일이다.

교육의 성과는 바로 나타나지 않는다. 상인들에게 친절 교육을 했다고 해서 금방 친절해지는 것도 아니고, 또 나름대로 친절해졌다고 해서 바로 고객이 늘어나는 것도 아니다. 하지만 교육받은 상인들이 변하는 게 곧 눈에 띄기 시작했다. 상품을 진열하고 고객과 대화하는 것부터 달라졌다.

반복 교육을 하면 대부분 변한다. 그러한 교육의 열매는 당장 열리지 않지만, 길게 보고 궁극적인 변화를 바란다면 교육은 필수적이다. 물론 그 교육은 현장을 담보로 하지 않으면 한계를 가지게 마련이다. 그러나 현장 교육은 비용 문제에다 재래시장 전문가가 없다는 단점을 안고 있다. 그러기에 민성기 회장은 교수들을 만나면 학생들을 훈련시켜 현장에 투입해달라는 주문을 빼놓지 않는다.

재래시장 상품권이 히트 치다

재래시장을 살리기 위해 청주시에서도 여러 방안을 내놓았다. 그중에서 가장 성공한 것은 청주시가 최초로 도입한 재래시장 상

육거리시장 안을 둘러보는데 신선한 먹을거리와 그 위의 친절한 이름표에 자꾸 눈이 갔다.
재래시장의 푸근함에 세련된 감각이 겹쳐 있었다.

품권이다. 청주시청 경제과 권병홍 과장의 열정과 노력으로 재래시장 상품권 방안이 결실을 맺었다. 공무원 한 명이 제대로만 하면 큰 성과를 낸다.

2003년 12월 1일, 전국 최초로 재래시장 상품권이 발행되었다. 2006년 5월 말에는 43억 5천만 원어치가 발행되었고, 판매가가 자그만치 37억 원이나 되었다. 청주에 재래시장이 열네 곳 있는데, 그중 육거리시장에서만 70퍼센트가 판매된다. 상품권의 효과가 대단하다. 육거리시장에서 가장 성공한 방안이라고 불러도 손색이 없다.

재래시장 상품권은 선물용으로도 많이 나간다. 지역 경제를 살리기 위해 지방자치단체나 기업 등에서 많이 이용하는데, 특히 명절 즈음에 재래시장 상품권 선물 캠페인을 벌이기도 한다. 기업체나 공무원을 중심으로 이왕이면 재래시장 상품권을 쓰자는 운동이 펼쳐지는 것은 청주시 바탕에 건강한 지역 경제가 자리 잡고 있음을 보여준다.

육거리시장은 사람들이 편리하게 이용할 수 있도록 1212개나 되는 가맹점을 확보하고, 단일화된 브랜드 마케팅을 벌이는 노력을 아끼지 않는다. 이처럼 지역의 각 주체들의 노력이 합해져 재래시장 상품권이 재래시장을 살리는 효자 역할을 하고 있고, 이를 벤치마킹하러 오는 발길 또한 줄을 잇는다.

재래시장 상품권의 효과가 매출 면에서까지 큰 것은 아니었다. 회수와 판매를 계산해보니, 매출의 0.7퍼센트 수준에 불과했다. 하지만 고객층에 변화를 불러오는 더 큰 수확을 거두었다. 궁극적으로 고객 창출의 효과를 냈던 것이다.

　예전에는 중년층이 주로 재래시장을 찾았다면, 상품권이 생기면서는 젊은 층이 상품권을 이용하기 시작했다. 재래시장에 대한 옛 추억 하나 가지고 있지 않은 젊은 사람들이 상품권을 계기로 재래시장을 찾아보고는 재미를 느끼게 된 것이다. 가격표에 쓰인 대로 돈만 주고받고 끝내는 것이 아니라 깎아달라고 졸라대는 사람 사는 맛도 알게 되었다. 대형 마트에서는 경험할 수 없는 일이다. 그러다 보니 서서히 고객층이 바뀌었다.

　지금 당장은 젊은 고객들이 재래시장에서 쓰는 돈이 매출에서 차지하는 비중은 낮다. 그보다는 머리 희끗한 사람들이 쓰는 돈의 비중이 더 높다. 하지만 조금씩 늘어나기 시작한 그 젊은이들은 재래시장의 미래가 어둡지만은 않음을 보여준다.

　젊은이들, 아기 엄마들로 고객이 바뀌니 상인들도 이에 발맞춰 움직여간다. 상인들 역시 서서히 젊은 층으로 바뀌어가는 것이다. 그러나 아직 해결되지 않은 문제가 있다. 그 고객에 맞는 상품이 없다. 그 고객들이 원하는 상품을 하루빨리 개발하는 게 시급하다. 이런 부분이야말로 전문가들의 도움이 절실하다.

우리는 육거리시장으로 벤치마킹하러 간다

　재래시장의 어려움은 한두 곳의 문제가 아니다. 한국 유통경제 전체의 구조 변화와 맞물리면서 재래시장 전체가 어려움을 겪고 있다. 이에 대응하기 위해 청주시에 '재래시장상인연합회'가 생겼듯, 전국의 모든 재래시장에서 소소한 연합회가 만들어지기 시작했다. 여기에 재래시장에 대한 사회적 관심이 보태져 '재래시장 육성법'이 만들어졌다.

2006년 들어서는 이런 배경으로 '전국재래시장연합회'가 생겼다. 중소기업청에서 힘을 많이 썼다. 전국재래시장연합회는 한 해 동안 준비 단계를 거쳐 2007년부터 실질적으로 활동하기 시작했다. 중소기업청에 '시장개선과'가 있고 중소기업청 산하 기관인 '시장경영지원센터'라는 게 있어서 중소기업청 역시 적극적으로 재래시장을 돕게 되었다. 중소기업청과 상인연합회, 시장경영지원센터가 삼박자로 노력을 경주하고, 시장 상인들과 고객들도 힘을 보태고 있으니 결실이 맺어지지 않을까 다들 기대하고 있다.

육거리시장은 재래시장 가운데서도 성공적으로 변화를 꾀하는 곳으로 인정받고 있다. 그동안 육거리시장의 사례를 벤치마킹하기 위해 다녀간 상인들이나 공무원들이 5천 명이 훨씬 넘는다. 하지만 시장 상인들은 아직 자랑할 단계가 아니며 이제 겨우 첫발을 뗀 수준이라고 입을 모은다. 아마도 이들은 스스로 걸음을 떼고 당당히 걸으며 결실을 제대로 맺었을 때 성공이라는 이름을 붙이고 자랑할 수 있을 것이다.

아직도 부족하다는 이들의 말은 사실이다. 재래시장은 아직도 부축을 필요로 한다. 지금도 수많은 재래시장 상인들은 한숨을 짓고 있고, 그중 몇몇은 장사를 접을지도 모르며, 또 일부 재래시장은 숱한 영광과 상처를 뒤로한 채 사라져버리고 있을지도 모른다.

하지만 그보다 더 많은 수의 재래시장이 살아남기 위해 몸부림치고 있다. 그보다 더 많은 수의 상인들이 흔들리는 다리를 굳건히 땅에 대고 상처 많은 손으로 물건을 담고 있다. 얼굴에는 웃음을 띤 채로 "또 오라"는 말을 잊지 않고.

그러기에 민성기 회장을 비롯해 육거리시장의 수많은 상인들의 목소리에서, 또 강인한 눈빛에서 어려움의 그늘보다 강한 생명력이 꿈틀거린다. 그 강한 생명력에서 나는 이 정도의 어려움에 무릎 꿇을 이들이 아니라는 확신을 가질 수 있었다. 그래서 나는 감히 국민들에게 우리 재래시장의 미래를 함부로 어둡다고 말하지 말라고 이야기하고 싶다. 재래시장에 대한 애정을 거둔 것이 아니라면 분명 희망은 있다.

O₂
Label.
1 image 구성
O2line.org, O2line.net, O2line.co.kr, O2line.com

사회적 기업을 넘어 지역경제공동체를 꿈꾸다

___강원 태백 태백자활후견기관

강원도 태백은 우리나라 최대 탄전 지역으로, 한때 강아지도 지폐를 물고 다닌다고 할 정도로 호황을 누렸었다. 하지만 1980년대 중반부터 연탄 소비가 급격히 줄어듦에 따라 석탄 산업이 사양길에 들어섰고, 막대한 예산을 쏟아 부어 석탄 산업을 유지해가던 정부는 적극적인 폐광 유도로 정책을 바꾼다. '석탄산업합리화정책'이 그것이다. 이에 따라 대부분의 탄광이 문을 닫고 탄전 지역은 폐광 지역으로 전락했다. 더불어 지역 경제도 무너져갔다.

그 후 폐광 지역에서는 지역을 살리기 위해 다양한 실험이 이루어졌다. 주민들의 힘으로 지역을 개발하겠다고 시민 주식회사, 주민 주식회사를 설립했고, 법적 제약을 극복하기 위해 특별법 제정 운동을 전개하는 '주민입법청원운동'이 성공하기도 했다. 그 가운데 지역의 넘쳐나는 실직자들과 저소득층을 위하여 새로운 일자리를 창출하는 등 지역 경제를 되살리기 위해 일하는 '태백자활후견기관'의 노력이 있다.

실직자와 저소득층이 넘쳐나는 우리 시대의 비전을 찾던 중 태백자활후견기관의 원응호 관장을 만났다.

지역경제공동체로 향하는 지역 개발 회사

원응호 관장은 광부 출신이고 고등학교도 졸업하지 못했지만, 우리나라 최고의 사회적 기업가라고 할 수 있다. 1999년 9월 태백자활후견기관 관장에 취임하고 난 뒤 오늘에 이르기까지 그의 손에 의해 22개 사업체에 120여 명 고용, 12억 매출을 올리는 하나의 지역 소기업 그룹으로 만들어졌다.

많은 사람들이 자활 후견 기관을 수급자들이나 생활이 어려운 차상위자들을 위한 탈빈곤 후견 기관으로만 생각한다. 그 목적에만 충실하게 생각하니 후견 기관의 다양한 성격과 잠재력을 활용하지 못하고 있다. 그는 자활 후견 기관을 단순히 복지사업으로만 여기지 말고, 지역 개발 회사로 확장하여 자립적 지역경제공동체를 구축하는 것이 더 중요하다고 말한다. 이를 위해 지역사회에 맞는 작은 기업들이 많이 만들어져 지역 경제의 씨앗이 되기를 바란다.

그가 말하는 자립적 지역경제공동체의 개념을 한마디로 정의하기가 어렵다. 일단 작은 기업 하나가 또 다른 기업을 창출하는 데 지원하고, 이런 것들이 열 개, 스무 개 묶여서 서로 보완하는 것이라고 정리해본다. 공공 근로자들이 IMF 직후에 만든 '자활영림단'이 '(주)강원임업'이라는 법인으로 발전한 걸 예로 들면 이해하기

재활용사업단, 집수리 공동체 모든건축, 단디＆퀼트샵, 사랑나눔도시락.
모으고 고치고 만들고 싸고 팔아서 얻고……. 여럿이 모여서 할 수 없는 일은 없다.

쉽겠다.

숲 가꾸기 공공 근로 사업은 한시적 실업 대책이었기 때문에 이 사업이 끝나면 일하던 사람들이 실업 상태로 돌아가는 것은 당연한 일이었다. 그렇지만 자활영림단을 통해서 많은 근로자들이 새로운 임업 기술을 축적했고 나름대로 자신을 가졌기 때문에 산림청과 협의하여 '기능인영림단 강원임업'을 만들었다. 거기서 다시 전문성이 축적된 사람들이 모여 '강원임업'을 설립했다.

강원임업에서 일하는 근로자 열두 명은 모두 영림 기능사 자격증을 가지고 있다. 기능인영림단 강원임업은 국유림 간벌 사업, 산림 방제, 조림 사업 등을, 강원임업은 주로 민유림 사업을 하고 있다.

태백자활후견기관에서는 산림 토목 회사도 준비하고 있다. 이 회사는 산사태를 복구하고 사전에 방재하는 일을 담당할 것이다. 혼농 임업이라고 해서, 숲에서 약초를 경작하는 사업도 준비 중이다. 산림청에 20헥타르 정도 사용권을 얻어 하려고 한다.

원응호 관장은 이런 식으로 연쇄적 발전 효과를 거두고자 한다. 서로 연결해서 기업들이 하나의 경제권을 형성한다고 하면 자립이 가능하지 않을까 하는 것이다. 관광산업으로 태백을 활성화하려는 움직임이 강하지만, 아무리 관광이 발전해도 소외되는 사람은 또 생기게 마련이다. 관광산업 하나만으로는 부족한 것이 사실이다. 그는 자활 사업을 통해 그 과정에서 소외되는 이웃들의 새로운 자립 토대를 만들고자 한다.

그렇지만 이러한 사회적 소기업은 아직 자립성이 약하다. 직원 수가 두세 명에 불과한 기업이 많기 때문에 영업 활동도 미약하다. 혼자서는 힘들지만 이것을 두 개, 세 개, 열 개 모아서 협업하면 시장 개척이나 유통에서 시너지 효과를 거둘 수 있을 것이다. 그래서 그는 클러스터별로 영역을 묶어나가는 작업을 하고 있다.

소기업 클러스터, 자가 증식하다

재활용 쪽도 또 다른 클러스터이다. 원응호 관장은 이 부분의 미래가 밝다고 본다. 헌 옷을 전문적으로 수거해서 판매하는 회사를 출범시킬 계획이다. 현재는 월 30톤의 의류를 수거해서 수출하는 업체에 파는 일을 하고 있다. '태백그린환경'이라는 조직이 바로 그것이다. 이 조직 중에서 옷을 재활용하는 부서가 산소 O^2를 의미하는 '오투사업단'이다. 이 옷 사업 파트만 따로 떼어내 네 명 정도가 참여하는 독립 의류 재활용 사업체를 만들려고 한다.

일반 재활용 파트는 현재 여덟 명이 일하고 있다. 앞으로는 지방자치단체마다 있는 재활용 선별장을 맡아서 해볼 생각이다. 지금은 기존의 민간 업자가 돈 되는 것만 가지고 가다 보니 충분히 재활용하지 않는다. 돈도 안 되고 재활용도 안 되는 품목까지 수거해 재활용해서 재활용 비율을 높일 수 있으리라고 본다.

현재 이미 독립적으로 기능하고 있는 사회적 기업 또는 사회적 공동체는 (주)강원임업, 기능인영림단 강원임업, 미래건축설비, 모든건축, 따사로미놀이방, 클린태백 등이다. 이 업체들이 올리는 수입이 연간 8억 원 정도 된다. 이들은 이미 독립해서 태백자활후견 기관의 지원을 전혀 받고 있지 않다. 정부로부터도 완전히 독립되어 시장으로 진입하는 데 성공했다.

시장형 사업으로 독립을 준비하는 있는 것으로서는 태백그린환경, 나무쟁이(자연공예), 늘빛간병사업단, 오투사업단, 단디&퀼트샵 등이다. 현재는 정부 지원을 받거나 태백자활후견기관의 지원을 받고 있지만 점차 독립해나갈 것이다.

그 외에 사회적 서비스를 제공하는 사업으로 태백푸드뱅크, 사랑나눔도시락, 영농사업단, 하늘아래인테리어, 자활도우미, 재활용사업단, 행복도우미지원사업, 가사간병방문도우미 등이 있다. 사회적 기업이 아니라 사회복지 서비스를 제공하는 순수한 복지 사업체라고 할 수 있다. 가사간병방문도우미의 경우 '노인장기요양보험'으로 간병 시장이 형성되면 사회적 기업으로 전환할 수 있다.

실적주의는 자활의 적

자활 후견 사업을 지원하고 뒷받침하는 복지부나 지방자치단체의 노력은 매우 소중하다. 그렇지만 그들의 실적주의는 자활 후견 기관의 발전에 큰 걸림돌이 된다. 과정이 중시되어야 하는데 결론만 문제 삼으니 문제가 왜 안 나오랴. 그들의 실적주의는 이미 독립한 기업에게도 자꾸 매출 보고를 하라고 한다. 그러니 정기적으로 보고해주어야 한다. 하지만 이미 독립해 시장에서 치열하게 경쟁하고 있는 기업으로서 나름의 회사 기밀이라는 게 있지 않겠는가.

또 수급권자가 몇 명이냐에 따라 후견 기관의 지원 방식을 바꾼다. 참여하는 사람 수가 중요한 것이 아니라 어떤 일을 해서 어떻게

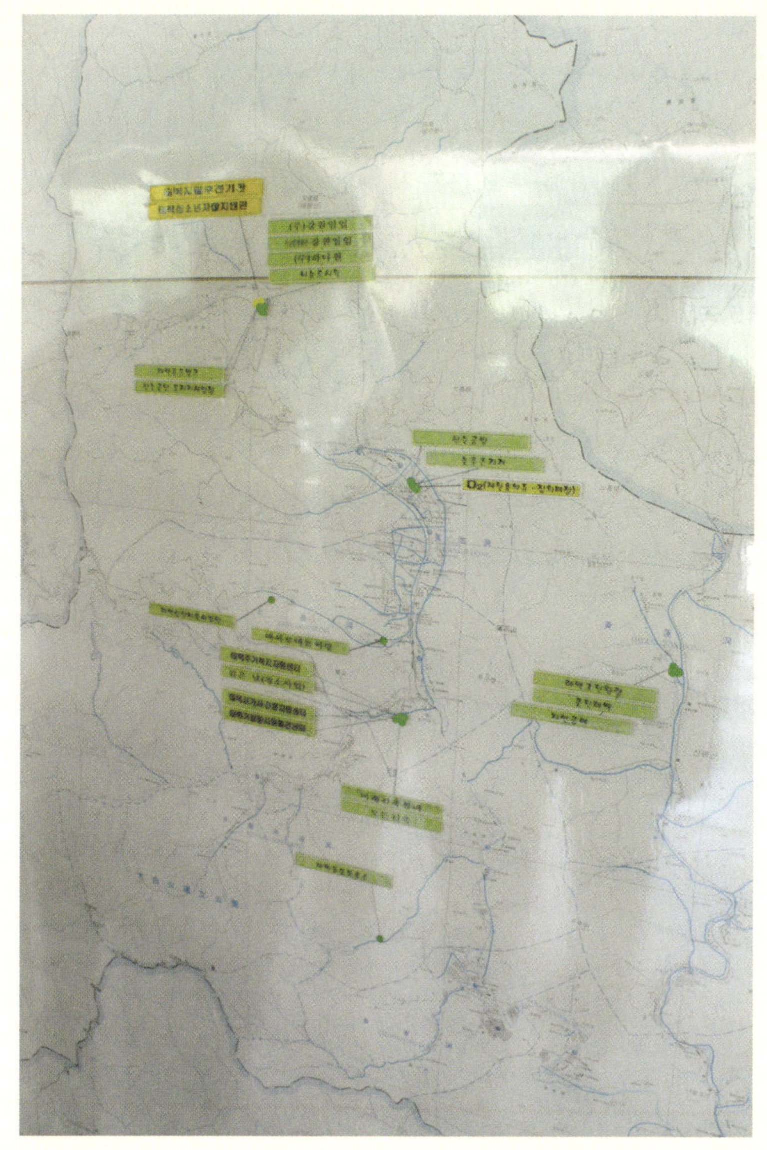

황무지 같은 태백의 넓은 땅 곳곳에서
태백자활후견기관의 소기업 클러스터가
조용히 자가 증식하고 있었다.

성취하느냐가 중요한데, 수급권자 수에 따라 예산을 달리 배치하는 것이다. 지나치게 실적을 중시하는 평가 방식도 문제다. 거기서 밀려나면 헤어나기 어려운 상황에 처한다. 예산과 관련되기 때문이다.

지침의 문자와 어구 하나하나를 따져 맞추는 것도 어려운 일이다. 자활 사업은 한 발은 복지 영역에 두고 또 한 발은 시장에 두어야 한다. 시장의 원리에 맞추어 영업도 하고 경영도 챙겨야 한다. 자활 사업을 하려면 기업 마인드를 가지고 가야 하는데, 공무원들은 이해하려고 하지 않는다. 사업에 따라서 사업 계획서를 처음 제출할 때는 계획에 없던 장비가 필요할 수도 있는데, 그 장비를 꼭 사야 함에도 당초 계획에 없으니 사지 말라고 한다.

일본에서 하는 방식대로 총괄 예산제 도입을 적극적으로 고려해야 한다. 총액은 규제하되 사용 방식이나 시기는 자율적으로 조절할 수 있도록 유연하게 해주어야 한다. 그렇게 된다면 더 많은 사회적 기업을 만들 수 있고 자활 사업도 활성화될 것이다.

지역에 맞는 블루 오션 찾기

사회적 기업은 블루 오션을 찾아야 한다. 지역 특성에도 맞아야 한다. 그만큼 사회적 기업의 영역은 좁다. 시장이 좁다 보니 시장 환경에 타격을 받을 수 있다는 점도 감안해야 한다. 그러나 최소한의 인건비와 운영비만 마련하면 좋은 기업들을 꾸릴 수 있다고 원응호 관장은 자신한다. 수첩과 메모지를 꺼내 보며, 그가 꼼꼼하게 조사하고 성실하게 진행해가고 있는 계획들을 진지하게 꺼내놓는다.

우선 그는 '참살이식당'이라고 해서 태백의 산채를 이용한 뷔페를 만들려고 한다. 일본의 커뮤니티 식당처럼 말이다. 이미 실험을 해보았는데, '참치말이밥'이라고 해서 참치에 참기름을 넣고 뭉친 초밥 같은 것을 만들어 인기를 끌었다.

또 하나 의욕을 갖고 계획하고 있는 것 중 하나가 태양광 에너지 사업이다. 이 부분에 대해 깊이 연구하며 준비하고 있다. 그렇지만 얼마나 많은 고용 인력을 창출할 수 있을지는 불투명하다. 준비는 하고 있는데 돈을 많이 투자해야 되니 어떻게 할지 방법을 찾는 중이다. 컨설팅 회사로부터 먼저 투자를 받고 이후에 상환하는 방법도 고민하고 있다. 대략 2천 평 정도 부지를 찾고 있는 중이다.

아그로포리스트리, 즉 혼농 사업도 준비 중이다. 약초, 산나물, 장뇌를 심어 재배하는 사업인데, 장뇌 쪽은 너무 많아 현재 과잉 경쟁 상태다. 지금은 국유림도 장기간 관리를 위탁하는 협약을 맺어 임차하는데, 산림을 이용할 가능성이 많이 생겼다. 이러한 사업과 체험 관광을 연결하려 한다. 체험 프로그램과 연결시켜 태백을 방문하는 사람에게 상품과 서비스를 함께 팔 수 있을 것이다.

원응호 관장과 이야기하다 보니 태백의 모든 조건과 환경이 모두 사업과 연결되지 않는 것이 없다. 할 수 있는 게 아무것도 없는 황무지 같은 태백도 그에게는 무궁무진한 자원의 보고이자 새로운 가능성의 바다라는 생각이 들었다.

그는 최근 자활 후견 기관을 넘어 새로운 지역사회 소기업 육성센터를 고민하고 있다. 그라면 자활 사업에서 이룬 것처럼 우리 시대의 최대 화두로 등장하고 있는 사회적 기업에서도 또 하나의 이정표를 만들어낼 수 있을 것이다.

언제나 미래를 사는 사람들

___ 전북 임실 치즈마을

작가 김훈이 "고단한 사람들의 마음을 이불처럼 덮어준다"고 했던
옥정호를 지나 임실역에 도착했다. 임실 치즈마을로 가기 위해서
다. 임실역 뒤편에 있는 솟대 모양의 나무문을 지나 백여 미터 들
어가니, 곧 느티나무 2백여 그루가 길 양옆에 일렬로 줄을 서서 반
긴다.

마을을 지켜주는 장승처럼 느티나무가 서 있기에 마을 이름도
'느티마을'이었다. 2006년 초부터 '치즈마을'로 이름이 바뀌었지
만, 이곳 사람들은 아직도 느티마을이 입에 익다.

작위적으로 들릴 수도 있는 이름이지만, 사실 치즈마을은 이 마
을을 설명하는 가장 좋은 이름이다. 1967년 국내 최초로 치즈를 만
든 '한국 치즈의 원조 고장'이기 때문이다. 1963년, 벨기에 출신인
지정환 신부가 임실성당에 부임한 그때부터 느티마을은 이미 치즈
마을로서 준비를 시작한 것인지도 모른다.

그런 그곳에서 사람들과 이야기를 나누며 가난과 시련과 공동체

정신이 새겨진 과거, 생태 지향의 농업 방식으로 주민 소득을 톡톡히 올리고 있는 현재, 아이들 교육과 노인복지와 해외시장 진출이 청사진으로 찍힌 미래를 보았다.

듣도 보도 못한 치즈를 만든다니

1963년 임실치즈를 창립한 지정환 신부(본명은 디디에 세스테벤스)와 임실제일교회 심상봉 목사, 두 사람의 힘으로 오늘날의 치즈마을이 만들어졌다고 해도 과언이 아니다. 물론 그 이후 많은 농민들의 땀방울로 결실을 끄집어내기는 했지만, 처음 치즈를 만든다는 착상과 설득과 노력이 아니었으면 이루어질 수 없었을 것이다.

치즈를 따로 떼어 설명하기 힘들 만큼 치즈의 대표 고장이 된 임실에서의 첫 이야기 역시 치즈로 시작되었다. '예가원영농조합법인' 대표이기도 한 이진하 치즈마을 운영위원장이 이 마을 사람들이라면 귀에 못이 박힐 만큼 자주 접한다는 지정환 신부에 대해 설명하며 운을 뗐다. 그리고 처음 신협을 만들 때는 10원을 출자받기도 하고 계란을 돈 대신 받기도 했는데, 30년이 지난 지금은 완전히 정착했다는 등 과거 이야기를 하나씩 하나씩 꺼낸다.

이들은 '바른 먹을거리 생산을 위한 바른농사실천농민회'를 조직하기도 했고, '소비자와 함께하는 전북살림'이라는 생산·소비자 생협을 만들기도 했는데 성공하지는 못했다고 한다. 신협에 농민회에 생산·소비자 생협에…… 이야기를 듣다 보니 어떻게 살던 사람들인지 궁금해졌다.

산으로 둘러싸여 농사지을 땅이 부족했던 임실의 농민들은 늘 가난했다고 한다. 그런 농민들을 위해 지정환 신부는 산을 이용해 만들 수 있는 치즈를 떠올렸고, 산양을 구입해 농가에 분양했다. 곧 벨기에와 프랑스로 1년간 연수를 떠나 치즈 제조 기술을 익혀 돌아왔고, 1967년 산골 마을 임실에 치즈 공장을 짓고 본격적으로 임실 치즈를 만들어내기 시작했다. 그 후 주민들의 노력으로 임실 치즈는 사업상으로도 안정적인 수준에 올라섰고, 1987년 지정환 신부는 임실치즈를 협동조합으로 전환했다.

의정부 '풀무원 공동체'에서 함께하는 사람들이 모두 지정환 신부와 함께 양을 키웠던 사람들이라고 한다. 큰일, 작은 일 할 것 없이 같이했던 정신이 모여 마을을 만들 수 있었던 것이다.

치즈마을은 '화성마을'과 '중금마을', '금당마을' 등 세 마을을 넘나드는 여러 조직으로 구성되어 있다. 치즈마을 운영위원회에 열여덟 농가 서른다섯 명이 참여하고 있으며, 새댁 모임에는 30대가 주축이 되어 여덟 명이 참여하고 있다. 여기에 느티마을이라는 옛 지명을 딴 '느티쌀 작목반'에서 열아홉 농가, 예가원영농조합법인에서 여섯 농가가 힘을 보태면서 치즈마을이 완성되었다.

쉰을 넘겨도 '젊은이'라 불리는 시골이지만, 30대와 40대 젊은 사람들이 대다수 참여했다. 젊은이들이 많은 데는 심상봉 목사의 노력이 작용했다. 직접 몸으로 뛰며 사람들을 만나고 설득했던 것이다.

평균 학력도 다른 시골 마을에 비해서 꽤 높은 편이다. 특히 여성들은 대학 졸업 이상의 수준이라고 한다. 자신의 젊음이나 능력을 제대로 잘 써야 한다는 것을 알기에 이들은 모든 일에 허투루 접근하는 법이 없다.

이들은 자신들에게 두 가지 비전이 있다고 했다. 아이들 교육과 노인복지. 도시에 비해 고령화가 더 가속화되고 있다며, 마을의 노인복지를 다른 방식으로 만들어가려 한단다. 실버타운에 몰아넣지 않고 고향인 여기에서 노인들이 좀 더 좋게 살아갈 수 있도록 하겠다는 것이다. 작은 시작이긴 하지만 우선 점심, 저녁을 마을 회관에서 제공하는 방법을 생각하고 있다고 한다.

마을에 있는 스물한 명의 어린아이들을 위해서는 원어민 영어교육을 추진할 계획이란다. 치즈마을은 한국에서 더 나아가 해외시장을 겨냥하고 있기 때문에 이들 모두 아이들에게 거는 기대가 크다.

드디어 목장형 유가공 공장이 들어서다

목장형 유가공 공장 '(주)숲골유가공'은 김상철 대표의 노고와 치즈마을 사람들의 염원으로 탄생했다. 지난 1994년 한국, 스위스 간 농가 교환 방문 프로그램을 통해 김상철 대표가 스위스로 1년 연수를 다녀왔다. 스위스에서도 방문자가 임실을 다녀갔는데, '임실치즈공장'이 생긴 지 30년 동안 그 공장 하나에 의존하고 있음을 알게 되어 스위스에서 김상철 대표를 다시 초청했다. 3개월 동안 그는 유가공 학교에서 교육을 받았다. 돌아와 만든 것이 숲골유가공이다.

목장형 유가공 공장이란 농가가 생산해서 직접 가공하는 형태를 말한다. 이제는 목장형 유가공 공장이 많이 늘어나 전국에 열세 곳이나 된다고 한다. 하지만 진입 장벽은 여전히 높다. 술도 마찬가지지만, 지나치게 대규모 공장 형태를 요구하고 있어서 소자본으로 시작해야 하는 농민들로서는 진입 자체가 어려운 것이다.

김상철 대표는 농민들이 농산물을 중심으로 한 가공 업체를 운영할 수 있도록 규정 완화가 필요하다고 역설했다. 그리고 지금 이나마 완화된 건 김천의 김성순 씨 덕분이라며 말을 잇는다. 김성순 씨는 한국 포도의 대가라고 한다. 포도 농사가 살려면 유럽처럼 포도 농장에서 바로 포도주로 가공할 수 있어야 하는데, 전에는 허가 자체가 안 되었단다. 김성순 씨가 그것 때문에 투쟁을 많이 했고, 그 덕에 농민들이 가공까지 할 수 있게 되었다.

조금이나마 완화된 규정 덕분에 숲골유가공에 이어 '이풀영농조합'에서 '이풀유가공'을 만들고 있다. 숲골유가공은 농가형을 벗어나 규모가 커지면서 2005년에는 연간 매출액이 50억이 되었다. 40여 명이 일을 하고 있으니 일자리 창출에도 일정 역할을 하는 셈이다.

2002년, 치즈마을은 마을의 활성화를 새롭게 꾀하기 위해 농림부에서 주관하는 '녹색농촌체험마을' 공모에 신청을 했다. 거기서 당당히 2등으로 선정된 후 연거푸 농협중앙회에서 주관하는 '팜 스테이 마을'로도 지정되었다. 2005년에는 전라북도 지정 '팜 투어

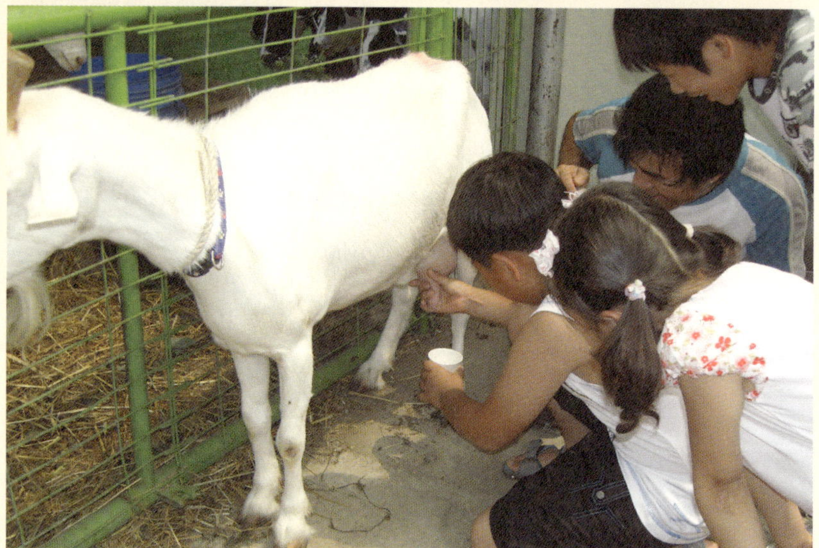

송아지에게 우유를 먹이고 염소의 젖을 짜면서 이곳의 것들에 호기심을 느끼는 아이들을 보며
치즈마을은 아이들을 위해, 아이들에 의해 미래가 열려 있는 곳이라는 생각이 들었다.

마을', 임실군 지정 '치즈 체험 마을'에 선정되기도 했다. 치즈마을이라는 독특함이 작용하기도 했지만, 무엇보다 중요했던 건 이들에겐 '사람'이 있었다는 사실이다.

이곳에 기림초등학교가 있는데 치즈마을 아이들이 꽤 많다. 2002년 당시 치즈마을 사람들 중 50세 이하가 서른두 명이었다. 시골 마을 치고는 젊은이가 많다는 뜻이다. 결국 일은 환경이 저절로 해주는 게 아니라 사람이 하는 것이다.

녹색농촌체험마을로 선정된 후 2억 원을 지원받아 60평짜리 방문자 센터를 짓고 '주식회사 이장'으로부터 컨설팅을 받았다. 그때까지는 못 보던 걸 보게 되었지만, 좀 더 적극적으로 관여하지 못한 걸 아쉬워했다. 2004년에는 농협중앙회의 지원을 받아 전북대 김세천 교수로부터 친환경 농업과 팜 스테이에 대한 컨설팅을 받았다. 지금도 전북대 소순열 교수로부터 컨설팅을 받고 있는데, 그 경비는 '농촌공사(구 농업기반공사)'가 지원하고 있다.

이 컨설팅을 통해 숲골유가공을 기반으로 해서 치즈 체험 마을을 추진해보자는 결론을 내렸다. 치즈 체험 프로그램은 특별한 경험이니 사람들이 찾을 것이다. 하지만 그보다 더 중요한 것은 바로 낙농업의 근본에 있다.

근본부터 다시 접근하니 상황이 호전되기 시작했다. 2006년 들어 9월까지 천여 명이 마을을 찾았다. 방문자 수가 계속 늘어나고 여름에는 사람들로 더욱 붐벼 펜션 수준의 숙소와 야영장도 만들었다. 소비자의 욕구를 채워주려는 시도다.

방문자가 오면 마을 소개를 먼저 한 후 경운기를 타고 숲골유가공으로 간다. 거기서 두 시간 동안 치즈가 어떻게 만들어지는지 보여주고 실제 만드는 체험을 하도록 한다. 다시 내려와 방문자 안내소에서 식사를 제공하는데, 치즈 돈가스를 내어놓는다. 앞으로는 쌀과 연결시켜 라이스 치즈를 독자적으로 만들어볼 생각이라고 한다.

다시 낙농 체험이라고 해서 초지에서 썰매 타기, 송아지에게 우유 주기, 꼴 뜯어다가 먹이기 등의 체험을 하도록 한다. 아이들은 특히 송아지와 함께 놀고 사진 찍는 것을 좋아한단다.

이것들은 기본적인 프로그램이고, 몇 가지 체험 프로그램이 더 있으며, 앞으로도 확충해갈 계획이라고 한다.

주민들 자신을 위한 축제 만들기

이러한 프로그램은 정부의 지원으로 시작된 것이었다. 스스로 먼저 시작하지 못했다. 그래서 치즈마을 사람들은 2005년에 스스로 기획하고 스스로 투자해 마을 음악회를 열었다. 농촌 하면 풍물을 떠올리기 쉽지만, 예원대학의 도움을 받아 기림초등학교에서 아이들 스스로 오케스트라를 연주하고, 젊은 새댁들이나 나이 든 이들도 직접 참여해 함께 음악회를 꾸몄다. 함께 모여 기획하고 공연을 여니 마을에 대한 주민들의 결합도도 더욱 높아졌다. 무엇보다 아이들이 제일 좋아했다.

마을 음악회를 설명하던 이진하 위원장의 입에 웃음이 걸린다. 스스로 기획했던 일이라 그만큼 만족도 기쁨도 컸다. 2006년 8월에는 1박 2일로 작은 음악회와 더불어 치즈 체험 축제를 열었다.

작은 음악회가 축제를 만나면서 전국에서 3백여 명이 와 규모가 커져버렸다. 원래는 백 명을 모집했는데 서울, 경기, 강원, 인천, 대구 등지에서 몰려들었던 것이다.

축제 날 밤에는 '느티카페'가 어른들을 위해 열렸고, 어린이들을 위해서는 영화제가 준비되었다. 낮에는 물총 싸움 등 도시에서 경험하지 못하는 다양한 놀이 프로그램을 운영했는데, 모두 자체 기획이었다. 군청도 일절 간섭하지 않았다.

많은 이들이 찾아준 건 좋지만, 이들 스스로 한 해를 결산하고 즐기고 싶었던 건데 너무 방문객 위주가 되어서 규모를 줄이겠다고 한다. 전국이 체험 프로그램이나 축제를 통해 외부 방문객을 유치하지 못해 안달이 나다시피 한 실정이다. 하지만 치즈마을은 체험 프로그램과는 별도로 작은 음악회와 축제를 마을 주민이 먼저 즐거울 수 있도록 운영하려 한다. 이들 스스로의 삶을 먼저 즐겁고 재미있게 즐겨야 하는 것은 어쩌면 너무나 당연하다. 체험 프로그램 등으로 외부 방문객을 받는 것 또한 이들 자신을 위함이다.

주민 복지를 먼저 생각하는 마을, 오히려 그렇기 때문에 외부인 방문 프로그램 또한 더욱 즐겁지 않겠는가. 스스로 기획하고 주체적으로 만들어가는 치즈마을의 주민운동. 정부 재정에 지나치게 의존하고 모방을 벗어나지 못하는 정부 주도의 살기 좋은 마을 만들기 사업에 좋은 교훈이 되었으면 한다.

2부

땅에도 식탁에도 삶에도 생태 혁명

진실한 관계로 뿌리내리다

전라도와 경상도를 가로지르는 곳에 섬진강 화개장터가 있다면, 경상도와 충청도를 잇는 곳에는 유기농을 하는 '솔뫼농장'이 있다. 충북 괴산군과 경북 상주시가 접한 곳에 위치해 있고, 충북 도민과 경북 도민이 함께 어우러져 운영한다.

농장의 이형근 대표는 상주 시민이고, 그 집 바로 앞에 사는 정천복 전 대표는 괴산 군민이다. 서로 다른 도민임에도 이들은 잘 어울려 산다. 또 솔뫼농장의 김의열 총무와 김기열 회원은 귀농인이다. 물과 기름처럼 서로 어울리기 어렵다는 귀농인들과 토착 주민들이 서로 형, 아우하며 잘도 지낸다.

또 누구는 불교 신자인데 누구는 가톨릭이고, 또 다른 이는 기독교 신자이다. 농담으로 누구는 조상신을 믿는단다. 믿는 신앙도 제각각인 것처럼 이들이 생산하는 농산물도 제각기 다르다. 그리고 모두가 간부들이다.

하늘 아래 한마을, 한농장, 한마음이다. 이렇게 아름답게 사는 사람들은 도대체 어떤 사람들인지 궁금하던 차에 이들을 찾아가 직접 만나는 기회를 얻었다.

솔뫼농장은 1994년에 다섯 가구로 처음 시작했다. 이 지역에서 유기농을 시작한 정천복 선생이 지역 친구들과 농약 중독을 경험한 후 농약을 사용할 수 없었던 이들과 함께 솔뫼농장을 만들었다.

당시 유기농을 한다고 하면 관에서나 주변에서 빨갱이 취급하던 시절이었지만 이들은 여러 가지 사정상 유기농을 할 수밖에 없었고, 유기농이라는 공통분모로 친목 단체 비슷하게 솔뫼농장을 시작했다. 이후 조금씩 판매의 필요도 생겨 '한살림생협'과의 관계도 맺어졌다. 그리고 청주 예수회 정일우 신부가 마을로 이사를 와서 자본도 끌어다주고 판로도 알아보는 등 적극적으로 농장을 도와주었다.

친목 단체 성격이 강했던 솔뫼농장은 이렇게 자리를 잡아가기 시작했고, 1996년 초에는 영농 법인을 발족했다. 농장 터도 공동으로 사고 정부 지원을 받아 건물도 지었다. 관계를 맺는 소비자도 여름마다 체험하러 들르는 방문객도 늘어났다.

솔뫼농장이 있는 마을은 도 경계에 접해 있다. 모두 친구 사이인데, 한쪽이 경북 상주이고 또 한쪽은 충북 괴산이다. 나중에는 귀농자도 들어왔다. 그래서 귀농자와 토착민이 함께 모였다. 종교도 다 제각각이다.

많을 때는 열다섯 가구까지 되었지만 정착하기가 힘들어서인지 일부 귀농자가 떠나 지금은 일곱 가구가 살림을 한다. 예수회 공동체가 들어와 솔뫼농장을 함께 운영하고 있고, 한 수녀님이 결손 가정의 아이들 열다섯 명을 모아놓고 공동체를 운영하고 있다. 많은 우여곡절과 다툼이 있었지만 민주적인 운영 방식으로 갈등을 극복했다.

이곳에 있는 내내 김의열 총무가 마을에 대해 많은 이야기를 해주었다. 장대하고 늠름해 보이는 그는 아이를 다섯이나 낳아 기르고 있는 유기농 청년이다. 그런 그가 솔뫼농장의 민주적인 운영을 입에 침이 마르도록 자랑한다. 다른 지역 사람이 와서 회의하는 걸 보고 참 민주적이라며 놀랐을 정도란다. 또 솔뫼농장은 다른 공동체처럼 특출한 사람이 끌어가는 것이 아니고 회장도 2년마다 한 번씩 남녀 구분 없이 돌아가면서 한다.

일곱 가구가 만드는 친환경 다품종 소량의 농산품들

한농장으로 묶여 있지만, 이들이 생산하는 작물은 각기 다르다. 정천복 회원은 유기농 고추와 토마토, 인삼을 생산하고, 김철규 이사는 오미자와 유정란을 키우고 벼농사를 짓는다. 특히 이들은 임산물 채취에 도사다. 이곳 야산이 바로 백두대간의 한 자락이어서 송이, 능이버섯을 포함해 웬만한 임산물을 다 얻을 수 있다.

이형근 대표는 유기농 토마토, 고추, 벼농사를 하며, 한우 일곱 마리를 키우고 있다. 김의열 총무는 여러 가지를 해보다가 지금은

"여기가 소농들의 희망이 자라는 현장입니다."
" '잔뿌리 강화론' 이 여기서 시작된 겁니까?"

수세미 농사를 하고 있다. 수세미를 가지고 목욕탕과 미용실, 학교 학생회에 납품한다고 한다. 작년에는 한살림에서 8백 평의 계약 재배를 하기도 했다.

재배하는 작물은 각기 다르지만, 이들은 일을 공동으로 한다. 농장 회원들은 공동으로 못자리를 만들어 농사를 짓는다. 그리고 직책을 나눠 맡아 공동으로 농장 일을 한다. '가공부장', '수도작분과장', 고추와 토마토를 맡는 '야채1분과장', 고구마와 호박 등을 맡는 '야채2분과장', '품질인증팀', 농장 기계 및 시설 관리 담당 등이 그것이다.

일곱 가구밖에 되지 않아 모든 회원이 간부고, 모두 함께 맡은 일을 해나간다. 그렇게 생산한 농산물을 가공하는 것도 회원들의 일이다. 가공은 독립된 일이기 때문에 회원이라도 인건비를 준다고 한다. 그렇게 벌어들인 매출액 중 일부는 지역 사업에 투자한다.

정관상으로는 연말에 배당을 하는 것으로 되어 있지만, 지역복지 사업에 많이 쓴다. 여름과 겨울에 대학생들이 농장에 와서 보름 정도 지역 학생들을 상대로 공부방을 운영하는데, 그 공부방의 시설과 겨울 난방비를 지원한다. 농산물 판매액의 5퍼센트를 공제해서 농장 운영에도 쓰고 공제액의 10퍼센트를 지역에 환원하기도 한다. 어려운 가정이나 시설, 아프가니스탄 난민, 북한 용천 폭발 사고 피해자들을 지원하기도 했다.

농산물을 가공해서 벌어들이는 매출액은 2006년에 8천만 원이었고, 2007년에 1억 원 정도였다. 한살림이 요청한 일만 소극적으로 하다가 자신감이 생겨서 작년부터는 생산량도 늘리고 솔뫼농장 선전도 더 하려고 한다. 다만 공장 운전자금이 문제라고 한다.

공장은 정부 지원을 받아 지었는데, 작년만 해도 운전자금이 부족해 제품 원료비 등 8천만 원 정도가 묶여 있었다. 그러면 고추장 등을 1년간 숙성하는 데 문제가 생긴다. 인건비, 시설 보완비, 차 할부금 등으로 나가는 비용도 만만찮다.

한국 농업, 잔뿌리가 강해야 살아남는다

자금 문제로 어려움을 겪고 있긴 하지만, 이들은 가공식품을 만드는 데 희망적이다. 그 희망은 이들이 내세우는 '잔뿌리 강화론', 즉 가공 농산물의 브랜드화에서 나온다.

독일에는 소시지 브랜드만 3천 개 있다고 한다. 낙농 농가가 자기들만의 브랜드를 가지고 시장에 내놓는 것이다. 미국 소시지가 가격이 싸면서도 독일로 수출 길을 뚫지 못한 이유가 바로 강고하게 자리 잡은 이런 독일의 작은 브랜드들 때문이다.

결국 소농을 없애고 규모화하느냐, 아니면 잔뿌리들을 키워 강화시킬 것이냐가 문제다. 규모화는 미국이 키워놓은 시장에 똑같은 방법으로, 미국이 바라는 방식으로 들어가는 것이다. 김의열 총무는 미국이 아니라 독일을 모델로 삼아야 한다고 말한다. 경상도 고추장과 전라도 고추장 맛이 다른 걸 보면 소시지 강국 독일처럼 고추장 강국은 만들 수 있지 않겠냐는 거다. 그러기 위해서는 소농이 뿌리를 내릴 수 있도록 제도적, 행정적으로 조치를 취해야 한다고 덧붙인다. 그 말에 자연 고개가 끄덕여진다.

잔뿌리 강화론은 소농에서 생산하는 가공 생산물의 브랜드화이다. 생산을 규모화, 일원화시키기보다 각기 다른 생산물이 소자본으로 만들어질 때 다양성이 살아나고, 그 결과 경쟁력이 더욱 커진다는 논리다.

현재 솔뫼농장에서는 엿기름, 고추장, 메주, 된장, 조청, 호박즙 등을 만들고 있거나 앞으로 만들 계획이다. 그리고 송이버섯과 능이버섯 등 자연산 버섯을 가미한 고추장을 만들 계획이다. 고추장의 브랜드화를 추진하고 있는 것이다. 김의열 총무는 이런 다양한 브랜드가 나올 때 경쟁력이 생긴다고 믿고 있다. 독일과 미국 사이에 FTA 같은 것이 체결되었는데, 독일 포도주 천여 종이 미국으로 침투해 들어갔다고 한다. 미국에 유리할 것처럼 예상되었지만 반대의 결과가 나타난 것이다.

그러나 한국은 현재 식품의약품안전청(식약청)과 보건복지부에서 관장하는 가공식품 생산에 대한 기준이 너무 까다롭고, 소농을 살리는 방법을 추구하기보다는 규모화를 유도하고 있다. 설비만 해도 식약청에서 요구하는 기준을 감당할 수 없다고 한다. 기본이 수억 원이라니 작은 농가에서는 엄두도 못 낼 일이다. 일부러 규모화를 유도하고 있는 것이다. 이런 제한을 과감하게 철폐하고 환경, 위생, 포장 등 지도를 강화하는 방향으로 브랜드를 육성해나가고 농업의 잔뿌리를 키워가야 한다. 그래야 농업이 몰락하지 않을 수 있다고 김의열 총무가 말한다.

사실 좀 더 싼 가격보다 우리 맛을 중시하는 소비자층이 있다. 생협이나 직거래 단체들이 점점 소비자층을 넓히는 걸 보면 판매 유통 네트워크가 엄청나게 커질 가능성이 있다. 제도적 장치만 마련된다면 대형 마트 소비자들도 안전하게 솔뫼농장의 농산물을 사 먹을 수 있다. 위생상의 문제는 관리청에서 잘 지도하면 해결될 것이다.

소비자들의 신뢰를 구축하기 위해서라도 소비자와 직접 만날 필요가 있다. 그리고 식약청과 보건복지부가 담당하는 것을 농림부로 이전하면 농가와 소비자의 관계가 달라질 수 있을 것이다.

규모화의 대표적인 예가 바로 도계장이다. 닭으로 닭 소시지를 만들 수도 있지만 현재의 도계 시스템에서는 불가능한 일이다. 도계장에서는 일정 정도의 규모가 되어야 도계를 할 수 있다. 소규모 도계는 할 수 없는 구조인 것이다. 도계장을 이용하지 않고 직접 도계를 하면 불법이 된다. 솔뫼농장은 그래서 백 마리든 5백 마리든 소규모로 도계를 할 수 있는 조건이 만들어져야 한다고 주장한다. 요건은 쉽게 하되 지도는 강화하는 방식으로 이루어져야 한다는 말이다.

진실한 관계, 진실한 소통

솔뫼농장의 잔뿌리 강화론은 우리 농업이 나아갈 한 길을 보여준다. 그 외에도 솔뫼농장은 소비자와 직접 만나는 방향으로 우리 농업을 살려나가고 있다.

현재 솔뫼농장은 서울 도봉구, 강북구, 노원구의 한살림 소비자 조직과 직접적인 관계를 맺고 있다. 결연을 맺은 지 이미 9년째다. 생산지 방문도 이어지고 있고, 체험 농장도 임대해주고 있다. 또 대보름 잔치, 단오, 가을의 벼 베기 체험, 메뚜기 잡기, 추수 감사제 등을 할 때 소비자들을 초청한다.

그 외중에 충북 청주에 '솔뫼를 사랑하는 사람들(솔사모)'이란 모임이 생겼다. 여름과 겨울에 대학생들이 와서 이 지역 아이들을 모아서 교육시키고, 솔뫼농장에서 행사가 있을 때마다 내려와서 도와주기도 한다.

솔뫼농장은 '솔사랑장터'라는 홈페이지를 쇼핑몰처럼 운영했었는데, 잠시 문을 닫아놓고 있다. 인터넷 장사는 관심을 얼마나 기울이느냐에 따라 영향을 크게 받는다. 생산물이 나오는 철이 되면 회원들에게 이메일도 보내고 편지도 보내서 적극적으로 알린다.

이메일로든 편지로든 직접 방문을 하든 도시와 농촌 간에 사람들이 많이 오고 가면 둘 사이의 심리적 격차가 줄어들 것이다. 서로에게 부족한 부분을 채워주면서 외로움까지 채워갈 것이다.

가족 단위로, 학생들이 단체로 솔뫼농장에 농촌 체험 활동을 하러 오기도 한다. 돌아갈 때는 좋은 마음, 편한 마음이 된다는데, 그러면 솔뫼농장 사람들도 덩달아 즐겁다고 한다. 솔뫼농장 팬들도 생겨났다고 한다.

솔뫼농장이 바라는 것은 진실한 소통이다. 농사를 지으려면 정성이 필요한 것처럼, 또 유기농 농산물이 생산자와 소비자 간의 믿음을 바탕으로 하는 것처럼 솔뫼농장은 서로 믿는 사회를 만들어 간다는 신념을 가지고 있다.

진실한 관계, 진실한 소통이 생겨날 때 유기농업은 그 뿌리를 더욱 튼튼히 할 수 있을 것이다. 솔뫼농장 사람들이 이루고 싶어 하는 것은 진실한 관계이다. 단순한 거래 관계나 상업적인 관계가 아니라 좋은 마음, 진실한 마음으로 농사를 짓는 사람도 사 먹는 사람도 한식구라는 생각으로 일한다면 그 목표를 이룰 수 있을 것이다.

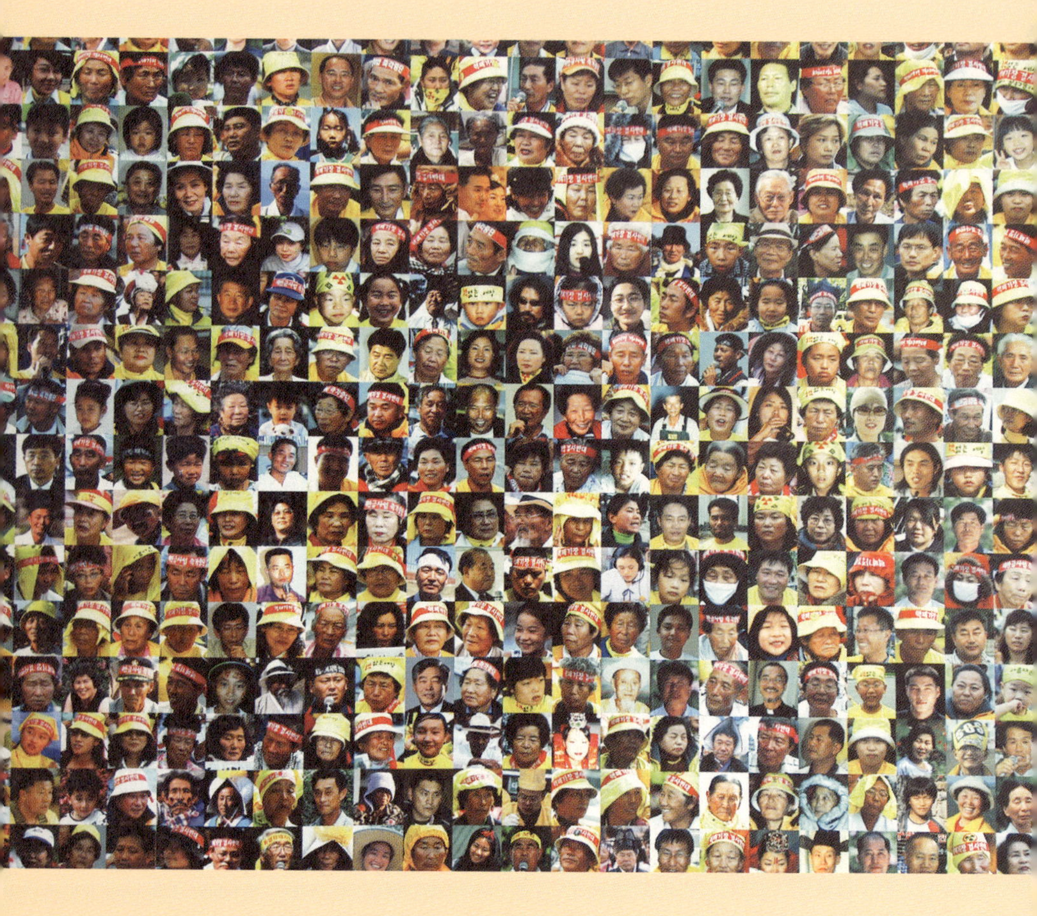

자연의 섭리, 상호 연대를 위하여

유기농이 우리의 관심을 끌기 시작한 것은 불과 몇 년 전의 일이다. 그러나 이미 20년도 더 이전부터 유기농의 중요성을 알고 유기농을 일궈온 선구자들이 있다. 바로 전북 부안의 유기농 공동체 '산들바다공동체' 회원들이다.

산들바다공동체는 고맙게도 가본 사람이라면 누구나 절경으로 꼽는 변산반도 가까이에 있었다. 먼 거리의 여행을 보상받는 기분으로 눈으로 즐거움을 느끼며 그곳을 찾았다.

이들의 걱정처럼 나 역시 유기농 세상을 꿈꾸는 사람들로 똘똘 뭉친 공동체라고 생각했다. 하지만 그곳에는 삶의 방식도 유기농에 대한 철학도 꿈도 다양한 사람들이 있었다.

이들과의 첫 만남은 술자리에서 시작되었다. 큰 대접에 걸쭉한 막걸리를 가득 담아 돌려 마시는 가운데 한 마디 두 마디 이야기가 이어졌다.

산들바다공동체는 1970년대 초반 '부안농민회'의 산파 역할을 한 오근 씨와 정경식 씨가 의기투합하면서 만들어졌다고 한다. 농민운동을 하다가 이것만으로는 안 되겠다는 생각에 두 사람은 농민회 사람들을 유기농 농민으로 전환시키기로 마음먹었다. 그러나 안타깝게도 오근 씨가 유명을 달리했고, 정경식 씨가 농민회 사람들을 소비자 생협과 연결되는 유기농 농민으로 전환시켰다.

그 과정에서 부안농민회와 약간의 오해가 있었다고 한다. 난생처음으로 시도하는 유기농을 농민들에게 설득하는 작업이 만만치 않았다. 이들 스스로 생각해도 고민이 충분하지 않았고, 유기농에 대한 철학도 갖춰져 있지 않았다. 직거래를 하면서 하나씩 하나씩 모든 걸 스스로 만들어가는 시점이었다.

산들바다공동체 회원들은 각자 생산해서 공동으로 출하한다. 그리고 전주의 '한울생협'이나 서울의 한살림에 주로 공급한다. 이 두 곳이 산들바다공동체의 이념과 일치하기 때문이다. 생산은 따로 하고 출하는 공동으로 하지만 경쟁은 아니다. 좀 더 엄격히 말하면 합의 생산이다. 한울생협이나 한살림이 요청하면 회원끼리 서로 상의해서 생산을 결정한다.

회원 사이의 관계는 인간적인 신의에 바탕을 두고 있다. 다른 공동체는 강력한 리더십이나 공동의 이해관계로 묶여 있지만, 산들바다는 그런 점에서 좀 느슨한 편이다. 지향점이 같아 오래도록 쌓여 만들어진 신뢰가 리더십이나 이해관계의 자리를 대신한다. 다른 공동체처럼 한 사람의 카리스마로 운영하는 것도 좋지만, 이들은 함께 고민하고 책임을 나누는 공동체 형태를 원한다. 그것이 더 오래갈 것이고, 역할 분담을 통해 회원 각자가 자기 역할을 더 잘 할 수 있기 때문이다.

쉽게 말해 이들 공동체는 중앙집권이 아니라 지방분권이다. 유기농 공동체를 유지하는 것은 유기농을 하는 것처럼 쉬운 일이 아닌데, 공동체를 이토록 오랜 기간 동안 유지할 수 있었던 것은 이런 인간적인 믿음에서 기인한다.

현재 산들바다 사람들은 부안군 변산면의 몇 개 마을 여기저기에 흩어져 살고 있다. 회원들 중 반수가 귀농한 사람들이고 나머지는 아니다. 그래서 삶 그리고 유기농에 대한 철학이 약간씩 다르다. 직거래를 통해 소비자 의식을 바꾸고 세상을 변화시켜보자는 사람들도 있고, 귀농해서 안주하고자 하는 사람들도 있다.

그런데도 외부에서 볼 때는 유기농 세상을 꿈꾸는 사람들로 똘똘 뭉친 공동체로 보이나 보다. 이들은 그런 사람들의 시선을 조금은 버거워한다. 자기들은 특별하지 않으며, 단지 좋은 생각을 가진 사람들이 많을 뿐이라고 스스로를 평한다.

유기농 사회를 꿈꾸다

사실 유기농은 쉬운 일이 아니다. 노동력은 배 이상 들고, 수익은 낮다. 더구나 유기농이 확산되면서 쌀값이 내렸다. 2년 전만 하더라도 유기농 농산물 값이 상승했는데, 2년 전부터 정체되거나 값이 떨어졌다. 수요는 늘었지만 공급이 훨씬 더 늘었기 때문이다.

2000년에 귀농한 정대성 총무가 조심스레 말을 꺼낸다. 유기농이 확산되는 건 좋지만, 유기농에 대한 철학이 부재한 것 같아 고민이 되기도 한단다. 그가 귀농할 당시만 해도 유기농업을 선택하는 사람들은 정신적인 면을 더 중요시했는데, 몇 년 전부터는 경제적인 것을 더 생각한다. 과거 유기농업을 한다면 고난의 길을 간다고들 했는데, 지금은 일반 농가에서도 많이 하기 때문에 유기농업에 대한 생각이 많이 변했다.

산들바다에서는 정체성의 변화를 걱정하여 내부적인 장치를 해 두었다. 지나치게 상업적으로 생각하는 회원을 규제하기 위해 모든 경작을 유기농으로 해야 회원 자격을 준다든지, 회의에도 참석해야 한다든지 하는 등의 규정을 둔 것이다.

농산물이 대량으로 수입되고, 그로 인해 농업이 무너지면서 많은 사람들이 유기농으로 달려들었다. 사실 유기농이 일반화되는 것은 걱정스러운 부분도 있지만 바람직한 일이다. 그로 인해 생활이 바뀔 수밖에 없기 때문이다.

그렇다면 산들바다공동체 사람들은 어떤 마음으로 유기농을 하는 것일까? 이들은 말한다. 농민은 원래 양심적으로 농사를 지어야 한다고. 농업을 천시하는 우리 사회의 현실을 바로잡아야 한다고.

예부터 농민들은 자연의 섭리를 따르고 서로 도움을 주고받아왔다. 이런 원칙이 바탕이 되어 농업 생산물이 나오는 것이다. 농촌사회의 이런 원리가 널리 알려지고 퍼진다면 도시 소비자들도 각성하게 되고, 우리 사회의 부패와 왜곡도 치유할 수 있을 것이라고 본다.

농민과 농민만이 아니라 농민들과 도시 소비자들 사이에도 연대가 이루어지면, 농민들이 아스팔트 위에서 시위를 하지 않아도 유기농 농산물을 먹는 도시 소비자들이 농민들의 이익을 지켜줄 것이라 믿는다. 지역사회의 환경과 우리 농업을 살리고자 하는 급식 조례가 바로 그 산물이지 않은가.

산들바다공동체 회원들은 소비자를 그냥 소비자라고 말하지 않고 가족이나 동지라 부른다. 우리 농업에 대해, 유기농에 대해 그 정도로 이해할 수 있는 소비자라면 단순한 소비자는 아니지 않느냐는 거다.

이들은 농업을 생각하는 사람들과의 상시적인 연대 활동이 이루어졌으면 하는 바람도 갖고 있다. 그런 사람들이라면 농민회나 유기농 생산 단체, 농협, 시·군 단위의 시민 단체와 지식인들이 있을 것이다. 그런 연대가 강해지고, 그로 인해 한국 농업 현실에 대한 목소리가 여러 곳에서 터져 나올 때 농업에 대한 국민들의 인식이 달라지지 않겠냐고 말한다.

하지만 현재는 적극적인 사람이나 단체가 없어서 생각처럼 잘 안 되고 있다고 한다. 사실 농업 문제에 대해서는 민주노총이나 노동조합도 입을 다문다. 시민 단체도 마찬가지다. 이들 간에 연대를 하고, 그 연대를 통해 여론을 불러일으킬 수 있다면 우리 농업의 현실은 좀 더 좋아지지 않을까. 농산물 수입 문제에 대해 국민투표를 한 나라도 있다고 한다. 그런 것이 있어야 농업과 유기농 농산물에 대한 국민들의 인식이 높아지지 않겠는가.

유기농과 농업정책에 대한 문제와 대안을 이야기하는 동안 걸죽한 막걸리가 몇 바퀴 돌았다.

"유기농 시작하면서 말도 못하게 고생했어라."
"사람들은 인식이 부족했고, 우리는 철학이 없었재.
그때나 지금이나 우리를 제일 힘들게 하는 건
정부의 문제 많은 농업정책이여."

유기농 정책이 문제다

이들은 이구동성으로 한국의 농업정책 전체를 이야기하지 않고는 유기농을 말할 수 없다고 말한다. 이백연 회장은 자신의 경험을 바탕으로 한국의 농업정책에 대해 비판한다. 지금 정부가 하는 유기농 정책은 우리 농업의 문제를 회피하는 것이라고 말이다.

산들바다에서 처음 유기농을 하는데 면사무소 직원이 와서 못자리를 엎어버린 적이 있었다. 다수확 품종을 심으라는 것이다. 또 유기농을 한다고 해서 간첩으로 몰리기도 했단다. 지금은 완전히 변해 정부에서 인센티브까지 주면서 유기농을 하라고 하지만, 사실 따지고 보면 못자리 엎는 거나 인센티브 주는 논리나 마찬가지다. 산들바다 역시 유기농 단체라서 보조금을 주면 받기는 하지만 좀 씁쓸하다고 한다.

게다가 정부는 농민들이 유기농을 할 수 있는데 안 하는 것처럼 몰아가고 있다. 규모화된 농업을 지향하면서도 마치 유기농을 지원하는 것처럼 한다. 하지만 농민 모두가 유기농으로 몰리면 모두 망한다. 유기농을 하려면 가족농이 될 수밖에 없고, 유기농을 하려면 동네 아주머니들을 불러 모아 김매기를 할 수밖에 없다. 주변에서는 품값 올린다고 야단이란다. 유기농이 갑자기 늘어나면 임금이 많이 올라가고 수익성이 낮아지게 마련이다. 그러니 정부에서는 농업의 가치를 인정하고 농업 소득을 현실화시켜주어야 한다. 유기농을 하든 일반농을 하든 농민들에게 권한을 맡겨야 한다.

유기농은 농촌으로 인구가 유입될 수 있는 정책과 연동되지 않으면 안 된다. 그런 의미에서 산들바다 회원들은 농업에 대한 중앙

정부의 정책 결정 권한이 지방정부에 과감히 이전되기를 바란다. 지역에 맞는 특성화된 농산물이 생산되고, 그를 통해 다른 지역과 경쟁할 수 있기 때문이다.

죽이 되든 밥이 되든 지역에 맞게 특성화시켜내도록 했으면 좋겠다고들 한다. 그러면 이들 말대로 서울로 데모하러 가지 않고 전주나 군청으로 몰려갈 것이다. 대통령을 바꿔내기는 힘들지만, 지방자치단체장은 바꾸기 쉽다고 생각한다.

똑같은 쌀을 놓고 전북과 전남이 경쟁할 수 있다. 그러나 중앙정부가 농업정책을 틀어쥐고 있는 한 조정밖에 할 수 없다. 만약 지방자치단체로 옮겨지면 전주의 이마트에 전북에서 생산되는 쌀을 팔라고 요구할 수도 있을 것이다.

진짜 유기농 공동체를 말한다

산들바다공동체 사람들과 막걸리를 돌려 마시면서 이야기를 나눈 곳은 변산면 마포리의 '부안생태문화활력소' 사무실이었다. 산들바다 사람들은 이곳을 '우리의 아지트'라 불렀다.

원래 이곳은 마포초등학교였고, 폐교 후 '천둥소리', 산들바다, '변산공동체'와 지역 주민들이 생태, 문화, 대안학교, 풍물 공동체 등 문화 공간으로 사용해온 곳이었다. 그러다가 부안생태문화활력소가 이들과 인연을 맺었고, 2006년 2월 교육청으로부터 정식으로 임대하고 문화관광부의 지원으로 리모델링을 거쳐 개관했다.

현재 이곳에는 어린이집, 주민 도서관, 풍물실, 생태 농생활사

관, 부안문화관, '부안의 밥상' 관, 마을 영화관, 숙소 등이 있다. 이
곳에서는 생태학교, 천연 염색 및 우리 옷 만들기, 부안 문화 답사,
생태 문화 체험, 대보름 행사 등이 이루어지고 있고, 사회 취약 계
층을 위한 영상 편집 등 미디어 교육도 진행할 예정이다.

　핵폐기장 반대 투쟁이 있었던 데가 부안이다. 바로 그 자리에 산
들바다 사람들이 있었다. 유기농업은 지역 환경 문제와 떼려야 뗄
수 없는 관계인 것이다. 이들은 이런 굵직한 사안뿐만 아니라 폐비
닐 수거와 마을 가꾸기 사업에도 적극적이다. 유기농의 철학, 유기
농 공동체의 철학을 유기농업의 공간과 산들바다 밖에서도 펼치고
있는 것이다.

농민운동에서 환경 농업공동체가 꽃피다

___ 경북 의성 쌍호공동체

하루 스물네 시간이 모자란 농민들이 있다. 농사일로만 바쁜 게 아니다. 농민회 활동에 한살림 운동에 FTA 반대 투쟁에 도시에 자신들의 생활을 알리고 직접 농사지은 유기농 농산물도 팔아야 한다. 자신들의 마을을 방문하는 도시 사람들도 맞아야 한다.

이렇게 바쁜 농민들은 경북 의성군 안사면 쌍호리의 '쌍호공동체'에 모여 산다. 열일곱 가구가 마을 공동의 일을 회의로 결정하며 공동체를 꾸려나간다. 30여 년 가까운 세월에도 아랑곳하지 않고 긴 생명력을 자랑하는 전국에서 가장 모범적인 농민 공동체다.

쌍호공동체는 지금은 환경 농업공동체로 많이 알려져 있지만, 처음 시작은 '가톨릭농민회 쌍호분회'였다. 농민을 지키고 살리는 농민운동에서 출발하여 생명을 지키고 살리는 유기농 공동체로 탈바꿈한 것이다.

쌍호공동체를 찾기 전에 가지고 있던 정보를 정리하면서 '투쟁과 삶 그리고 생명의 공동체'라는 말을 떠올렸었다. 도착해서 가장

인상 깊게 본 것이 '생명의 공동체 쌍호기름방'. 성실한 글씨체로 쓰인 참기름 생산장의 상호였다.

작고 강한 쌍호공동체

쌍호공동체라는 명칭은 1990년대 초반 생명 농업을 하면서부터 쓰이기 시작했다. 그 전의 쌍호공동체의 정식 명칭은 '가톨릭농민회 쌍호분회'였다. 1978년 우영식 씨의 노력으로 쌍호분회가 생겼고, 농민운동을 하며 공동체를 일궈나갔다.

그것이 가능했던 두 가지 이유가 있다. 첫째는 쌍호리 자체가 가톨릭 신자가 주축이 된 마을이었다는 점이다. 공동체 회원들은 쌍호리를 "천주교 박해 시절에 박해를 피해 들어와 살던 사람들이 옹기를 굽고 팔며 살아왔던 동네"라고 추측한다.

역사적 근원이 무엇이든 쌍호리는 가톨릭 신앙으로 뭉친 동네였고, 가난하고 어려웠지만 구성원 대부분이 가톨릭 신자이다 보니 마음의 부족함 내지는 어려움을 서로 이해하며 공동체를 이끌어올 수 있었다.

쌍호공동체를 오늘날까지 이어온 두 번째 동력은 1978년 가톨릭농민회 쌍호분회 시절부터 면면히 이어져 내려온 월례 회의다. 그동안 단 한 차례도 거르지 않고 열렸다.

연말은 총회이니 1년에 월례 회의가 열한 번 열리는 셈이다. 1978년 3월부터 시작해서 지금까지 360차 회의까지 끝냈다. 회의는 주민 전원 참여와 부부 동반을 원칙으로 한다.

월례 회의와 총회에서는 마을의 온갖 대소사는 물론이고 내년에는 무엇을 심을지, 수확물을 어떻게 처리할 것인지 등을 공동으로 결정한다. 과거에는 가정의 어려움까지 회의에서 논의하기도 했다니 마을 사람들에게 이 회의가 얼마나 중요한 것인지 짐작이 간다.

회의에서 한 사람이라도 반대하면 다시 원점으로 돌아가 안건을 검토한다. 마을 주민 모두의 의견을 존중하는 방식으로 이어져온 이 월례 회의는 쌍호공동체 사람들이 서로 단합하는 데 중요한 역할을 했고, 쌍호공동체의 근간이 되었다.

배우며 싸우며 바꿔가며

가톨릭농민회 쌍호분회였던 시절, 쌍호공동체 사람들은 투쟁에도 앞장섰다. 농민회 활동을 하면서 정부가 잘못하는 것을 알게 되었고, 그 잘못을 바로잡기 위해 투쟁의 길로 나선 것이다.

당시 형사들이 마을 주위에서 잠복근무를 했기 때문에 늘 회의록을 숨겨놓았다고 한다. 때로는 간첩이라는 얘기도 들었다. 가톨릭농민회에서 나왔다는 말에 조합장의 다리가 덜덜 떨리는 것도 보았다.

전두환 정권 시절에는 합판에 사진을 붙여 쌀을 매수하는 장소에서 광주 학살 사진전을 벌였다. 그러니 그 시절 가톨릭농민회는 잘못을 바로잡는 기관으로 이해되기도 했다. 관으로부터 불이익을 받는 사람들이 상의를 하러 찾을 정도였다.

농지세나 보수세 싸움을 벌이기도 했다. 정부가 재벌들을 위해서는 인프라를 다 만들어주는데, 농민들을 위해서는 해준 것이 없었다. 보도 농민이 다 만들었다. 나무 땔감이나 밀주 등에 대해서까지 경찰이나 세무서 등에서 나와서 뒤지고 간섭하고 통제했다. 결국 농민들 스스로 모여 공부를 하고 농지세나 보수세에 대한 부당함을 깨달아가게 되었다.

사실 싸움은 머릿수 가지고 하는 것이 아니다. 내실이 없으면 싸울 수가 없다. 서로 아껴주고 돕는 내실이 중요한 거다. 남편들은 남편들대로, 부인들은 또 아이를 등에 업고 투쟁에 참여했다니 내실뿐만 아니라 농민들의 내공까지 느껴진다.

정부 정책에 반하는 운동을 하면 탄압을 받게 마련이다. 정부의 탄압만 받는 것이 아니라 국민들의 좋지 않은 시선도 받게 된다. 억압 속에서 살아오면서 억압 체제를 당연하게 받아들였기 때문이다. 가톨릭농민회의 운동도 마찬가지였다. 그러나 이들은 치열한 운동으로 아주 소소한 것부터 시작해서 하나씩 세상을 바꿔갔다.

예전에는 농민들이 쌀을 싣고 가면서 내는 입고료와 출고료를 당연히 여겼다. 도로 부역도 마찬가지였고, 술 적발하러 다닌 것도 모두가 당연시했다고 한다. 그런데 그것은 당연히 부당한 것이 아닌가. 그래서 농민회 운동을 하면서 국민들을 각성시켜나갔다.

모든 농민이 함께하지는 못해도 농민회가 옳다는 것을 알기는 했다. 그런 활동 때문에 농민회에 대한 인식과 세상을 보는 눈이 많이 바뀌었다.

쌍호공동체 회원 모두는 이런 역사를 직접 체험했다. 그 체험이 쌍호공동체를 끈끈이 이어주는 기제로 작동했다. 삶과 투쟁이 멀지 않았던 이들에게 함께 싸웠던 동지들이야말로 이들을 지탱시켜

주는 힘이 되었다. 그때 같이 싸웠던 동지들을 보면 아직도 가슴 뭉클하다고들 한다.

살며 싸우며, 이들은 자신들이 처한 처지를 제대로 알기 위해 공부도 많이 했다. 학교를 제대로 다니지는 못했어도 아주 열심히 학습했다. 그때 이해찬 전 국무총리나 이우재 전 한국마사회 회장으로부터 학습을 했다고 하는데, 쌍호공동체 회원들은 변화된 이들의 모습을 탐탁지 않게 여기는 듯했다. 지금 생각해보면 꼭 자신이 가르친 대로 사는 건 아닌 것 같다고 한다. 가르치는 것도 참 잘했고 그 사람들을 통해 의식화는 많이 되었지만 말이다.

요즘 한국 농업의 현실을 보면 쓸쓸할 때가 많다고 한다. 우리 농민의 힘으로 역사를 바꾼다고 생각했는데 과연 그 생각이 맞는지 의심스럽다고 한다. 항우가 이를 잡아 바위에 놓고 쳤는데 이는 구멍 사이로 기어나가는 형국이라는 거다. 그래도 운동이 없으면 발전이 없다며, 운동한 것에 후회는 없다고 입을 모은다.

생명 농업은 투쟁 사업보다 더 힘들다

가톨릭농민회 쌍호분회가 생명 농업을 시작한 것은 1990년대 초반으로 거슬러 올라간다. '가톨릭농민회'가 '전농', 즉 '전국농민회총연맹'으로 통일되고, 1994년 WTO가 시작되면서 생명 농업으로 전환하게 된 것이다.

처음 유기농을 하려 할 때 주변 사람들은 미친 짓이라고 했다. 그러나 쌍호공동체는 회의를 통해 유기농을 시작했다.

생명 농업을 시작하면서 쌍호공동체는 상업적인 영농을 지양했다. 다른 분회는 경작 면적을 확장했는데, 지금은 오히려 그들이 더 힘들어졌다. 수요와 공급의 문제 때문이다. 과거에는 유기농이 부족했기 때문에 많이 경작하는 것이 중요했지만, WTO가 시작되면서 많은 단체와 농민들이 유기농을 하기 때문에 공급 과잉이 되었다.

유기농은 상업농과 다르게 접근해야 한다. 우선 규모화를 통해 유기농을 진전시켜야 한다. 현재 유기농은 생태적으로 살려내는 것만을 중시해서 유기농과 관계된 농자재도 비료 사듯이 구매하고 있는 실정이다. 지역을 기반으로 농자재를 자급하고 퇴비를 만들어가야 한다. 분뇨도 멀리서 사 오면 방부제를 넣었는지 유전자 조작 식품을 넣었는지 모르지 않겠냐는 쌍호공동체 사람들은 유기농을 위해 농자재와 퇴비를 직접 만들어 사용한다.

쌍호공동체는 마을의 농작물 생산 구조, 즉 3천 평 정도 소작을 하는 소농 구조에 맞게 하나의 작물에만 집중하지 않고 소량 다품종 생산을 철칙으로 삼고 있다. 한 품종만 고집할 경우 수입에 대체할 수 없고, 땅의 윤작 체계에도 문제가 생긴다. 벼농사는 우렁이 농법, 오리 농법을 통해 하고 있고, 각종 채소를 조금씩 재배하고 있다. 물론 어떤 농사를 지을 것인지는 마을 회의를 통해 결정한다.

이렇게 생산한 농작물은 부산이나 서울의 가톨릭 교구와 결연해서 팔아왔다. 채소만 해도 매년 4천만 원 정도를 판다고 한다. 생산된 것은 대부분 소비된다. 소농 구조를 지킨다, 다품종 생산을 한다, 공동 작업을 한다는 원칙 덕분이다.

쌍호공동체는 기계도 공동으로 구입하며, 쌀겨를 사서 퇴비도 공동으로 만드는 등 모든 일을 함께 한다. 생명 농업은 품앗이가 없으면 제대로 하기 어렵기 때문이다.

쌍호공동체는 도농 결연 사업도 벌인다. 도시 소비자들이 소를 공동으로 사주는데, 현재 열 마리 정도 된다고 한다. 농사를 짓고 나온 부산물로 소 사료를 만들어 키우고 있다. 이렇게 키운 어미 소는 송아지 두 마리를 낳고 다시 도시민에게 간다.

순환 농업 단계까지는 못 가고 유기농 단계는 되었다고 이들은 스스로를 평가한다. 하지만 농작물을 키운 부산물로 소를 키우는 것을 보면, 또 직접 퇴비를 만들고 그것을 통해 다시 농사를 짓는 것을 보면 순환 농업 단계에 이르는 길도 그리 멀지 않아 보인다.

쌍호공동체의 유기농은 일상생활에서도 이루어지고 있다. 세제를 덜 쓰고, 음식을 만들 때 조미료도 전혀 쓰지 않는다. 유기농을 하기 위해서는 이런 사소한 부분도 놓치면 안 된다는 생각 때문이다. 이러한 원칙 때문에 쌍호공동체는 생명 농업공동체로 성공리에 탈바꿈할 수 있었다.

지속 가능한 생명 농업, 생명 공동체를 꿈꾸며

앞서 말했듯 쌍호공동체는 소농 구조를 갖고 있다. 경작지가 넓지 않을 뿐만 아니라 넓힐 수도 없다. 소농 구조를 유지하지 않고 한 품종만 집중 생산할 경우 부담이 훨씬 커질 수 있기 때문이다. 그러나 그렇게 하면 아무래도 소득이 낮을 수밖에 없다. 그래서 이들은 유럽처럼 직불제, 즉 직접 지불제 시행을 주장한다.

직불제는 WTO나 FTA의 적용 대상이 안 된다고 한다. 사실 농사를 짓는 데는 산촌이 불리하게 마련이다. 평야 지역은 사회간접 자본이 잘되어 있고 시장도 가깝다. 조건이 불리한 곳은 경쟁력이 없다. 그래서 그런 지역에 직불제를 통해 가격을 조금이라도 보조해줌으로써 경쟁이 되게 해야 한다.

조건 불리 지역에 직불제를 실시하는 것과 더불어 이들은 농업 외 소득 지원 제도를 마련해야 한다고 주장한다. 농업 외 소득 지원 제도는 농촌 환경을 살리는 것과도 연결되기 때문이다.

도시 사람들이 쉴 공간을 마련하는 것이 농사보다 더 가치가 큰 것이 지금의 현실이다. 하지만 자연을 보호하고 공기를 정화하고 댐에 물을 가두어 홍수를 예방하는 것이 농촌에서 더 근본적인 일이다. 정부는 이런 논리를 바탕으로 농촌 환경 문제에 중점을 두고 농업 외 소득을 지원해야 하는 것이다. 농업을 죽이는 대신 자동차를 팔고 핸드폰을 많이 파는 만큼 분배를 제대로 해야 하지 않을까.

쌍호공동체 사람들은 농사일로만 바쁜 게 아니다. 가톨릭농민회와 의성군농민회 활동도 해야 하고, 한살림 운동에도 참여하고 있다. FTA 문제로 여의도에 가서 싸우기도 해야 하고, 도시에 가서 자신들의 생활을 소개하고 물건도 팔아야 한다. 또 마을로 찾아오는 도시민들의 방문도 받아야 한다. 이 일들을 모두 하자니 힘들기도 하지만, 안 할 수도 없는 일이다. 이 일들 모두 쌍호공동체가 공동으로 갖고 있는 일거리이기 때문이다.

바쁘지만 이들은 공동체 안에서 서로를 도와가며 생명 농업을 하면서 잘 살아가고 있다. 그러나 이들에게도 고민은 있다. 공동체를 유지할 수 있는 후계자들이 없다는 것이다. 현재 대부분의 회원이 60대이고, 젊은 세대들은 대부분 도시로 나가서 살고 있다. 공동체를 이을 사람들이 없다. 재생산 구조를 만들려면 귀농 운동을 벌여야 하는데 그것도 쉽지 않다.

쌍호공동체가 갖고 있는 이러한 고민은 다른 농촌 지역에서도 흔하게 볼 수 있는 문제다. 농촌에 새로운 세대가 들어오지 않는 한 얼마 지나지 않아 우리 농촌 대부분의 마을이 사라질 수도 있다. 현재로서는 딱히 이를 해결할 대책이 없다는 게 더 우울하게 느껴진다.

지금 농촌은 지난한 세월을 견뎌왔고, 또 견뎌내고 있다. 앞으로 더 얼마나 지난한 세월이 기다리고 있는지 모르고, 또 그 길이 그리 순탄치 않을 것임은 자명한 일이다. 그러나 쌍호공동체는 어쩌면 이런 문제들을 해결할 수 있을지도 모른다. 미래에 대한, 미래의 생명 농업에 대한 희망과 의지를 갖고 있는 한 불가능한 일이 아닐 것이다. 한 차례도 거르지 않고 진행되어온 월례 회의를 통해 공동체를 가로막는 장애물을 건너뛰었듯 이러한 난관을 해결할 수 있을 것이다.

횡성여성농민
텃밭두부
2007.10.27

전통 두부 한 모의 희망

이들의 모습에서 나는 강한 어머니의 모습을 읽었다. 크고 작은 집 안일과 고된 농사일을 병행하면서도 수확의 기쁨으로 고단함을 잊던 우리 어머니와 어머니들의 모습에 '강하다'라는 형용사가 어울린다면, 이들에게도 같은 형용사를 붙이고 싶었다. 더구나 어머니의 넉넉함으로 친환경 농가들의 순환과 협력의 메커니즘을 만들어 가고 있으니, 이들에게서 강한 어머니의 모습을 읽는 것은 무리가 아니다.

강원도 횡성 그 거친 땅에서 넉넉한 마음으로 전통 두부를 만드는 텃밭 사람들을 만났다. 텃밭은 지역의 친환경 농업인과 여성 농민의 참여로 만들어진 영농 조합 법인이다. 여성농민회가 주도해서 만든 두부 공장이 기반이 되었다.

농민들이 직접 가공하고 생산하는 것은 농가 수익 증대와 지역 순환 경제를 위해 필수적이다. 텃밭두부는 그런 면에서 전국적으로도 관심을 불러일으킬 만하다. 가공 공장을 만들고 생산을 시작해 판매망을 확보하는 데까지 이들은 수도 없이 시행착오를 거듭했다. 농사만 짓다가 이런 복잡하고 행정적인 일들을 처리하려니 산 너머 산이었다. 그러나 시작이 반이라고 하나씩 해결해가고 있다.

식구들을 위해 소소한 채소들을 가꾸던 텃밭처럼

지역에 살면서, 여성으로 살면서, 농사를 지으면서 이들은 고민했다. 친환경 농업을 대안으로 선택한 이들은 무엇을 해야 하며, 무엇을 할 수 있을지 또 고민했다. 그리고 택한 것이 두부였다. 눌어붙거나 탄내 나지 말라고 뜨거운 가마솥을 팔이 빠져라 주걱질을 해대면서도 솔솔 풍기는 콩 냄새에 가슴 훈훈해지는 그런 전통 방식의 옛 두부 말이다.

두부를 만들기로 결정하고 전통 방식으로 맛있는 두부를 만들어 냈다. '무엇을 할지'를 해결하고 나니 판로가 걱정이었다. 조촐하게나마 시작한다는 의미에서 처음에는 여성농민회 회원들끼리 스스로 두부를 만들어 먹는 걸로 만족할까 했는데, 원주 한살림에서 구매해주겠다는 의사를 전달해왔다. 이에 자극을 받아 내친 김에 좀 더 규모 있게 해보자고 의기투합해 '영농조합법인 텃밭'을 만들어버렸다.

그 후 두부 생산 공간도 확보하고 출자도 받았다. 출자 조합원이 스물여섯 명, 출자 총액이 3천 6백여 만 원이다. 조합원 가운데 네 명만이 남자다. 그리고 회원 대부분이 여성 농민, 나머지는 친환경 농민들이다. 함께한 단체로는 '여성농민회', '여성농업인센터', '산골농장'이라는 친환경 농산물 가공 업체 등이다.

요즘 농가들은 분화되어서 각자 다른 농사를 하고 있다. 논농사만 하는 사람도 있고, 채소 농사만 짓는 농가도 있다. 물론 이 두 가지를 복합적으로 하는 경우도 있다. 이런 농업의 분화가 마냥 바람직한 것은 아니지만 이는 현실이다. 그럴수록 분화된 농업의 여러 분야가 상호 협력 관계를 갖도록 하는 게 좋다.

그런 의미에서 2006년에 '횡성유기농영농조합법인'이 '횡성친환경곡류센터'를 만들었다. 거기에 하나 더하고자 했던 것이 친환경 농산물을 가지고 가공하는 일이었다. 농가 스스로 소비 의존적인 것에서 벗어나 자립적이고자 하는 것이었다. 일단 콩을 주원료로 하는 가공 상품을 만들어보기로 했다.

사실 밭농사는 주로 여성 농민의 몫이다. 남성 농민이 거름 내서 밭을 갈아주면, 김매고 수확하는 것은 여성 농민이 담당한다. 텃밭의 탄생에는 수확한 콩을 가지고 가공하는 것까지 여성이 해보자는 결심도 있었다.

콩으로 두부만 만드는 것은 아니다. 콩의 부산물인 비지 등은 축산 농가에 가서 사료가 되고 사료가 되지 못하는 것들은 발효시켜 거름으로 만든 후 친환경 농가에 공급한다. 이런 식으로 친환경 농가들의 순환과 협력의 메커니즘이 일어나고 있으며, 그 가운데에 텃밭이 있다.

텃밭은 '집에 딸리거나 집 옆에 있는 밭'이라는 사전적인 뜻을 지닌다. 이들이 이 이름을 사용한 것은 식구들이 먹는 소소한 채소들을 가꾸던 텃밭처럼 가장 정성스럽고 비옥하게 음식과 농산물을 만들겠다는 다짐의 의미가 담겨 있다.

이들은 텃밭을 하면서 여러 한계에 부딪혔다고 한다. 포장해서 팔려고 하니 상표가 필요해 등록을 하고, 허가를 받고, 바코드 처리를 하는 등 준비하는 데만 1년이 걸렸다. 행정적 처리 방법을 몰라서 생긴 문제였다.

가장 처음 필요한 일이 법인을 만드는 것이었다. 법인을 만들기 위해서는 주체가 있어야 했지만, 작목반으로는 안 되는 일이었다. 별도의 법인을 구성해 횡성군에서 운영하는 '창업보육센터'에 입주 신청을 했다.

입주 계약서가 있어야 영업 신고가 가능하고, 영업 신고서가 있어야 사업자 등록이 가능하고, 사업자 등록이 있어야 바코드를 받을 수 있었기 때문이다. 그 사이사이에 품목 제조를 군에 제출했고, 영양 성분 조사를 했으며, 포장지 표시도 병행했다. 모든 것이 낯설었고, 산 넘어 산이었다.

농사만 짓던 농민이 업체를 운영하려니 쉽지 않은 게 당연했다. 처음부터 끝까지 하면서 배웠다고들 말하며 고개를 절레절레 내젓는다. 창업보육센터에 들어가는 데 1년이 걸렸고, 지역 농산물을 가지고 1차로 생산하고 가공해 시중에 판매하는 데도 필요한 것이 정말 많았다. 자본도 시설도 없는 농민들이 협동의 방식만으로 할 수 없는 일이 많다. 농사를 지어 생산물만 농협에 내면 농협이 팔아주는 데 익숙했는데, 이제 더 이상 농협에 위탁하는 것으로는 안 된다고 한다.

농촌에 살아도 아이들은 가공품을 모두 사 먹는다. 농민들이 적극적으로 나서서 가공까지 책임지면 먹을거리 안전까지 확보할 수 있다. 이는 농민이 스스로 사는 길이기도 하다.

그런데 농민들이 적은 자본으로 가공 사업을 시작하는 게 쉽지 않다. 공장 설립도 어렵고, 판매로를 확보하기 위해 급식 등을 하려 해도 마음처럼 안 된다. 특히 전통음식 부분이 그렇다. 포도 농사를 해서 좋지 않은 포도를 골라 즙이나 술로 만들어 팔려면 주조법에 걸린다. 고춧가루도 마찬가지다. 고추를 그냥 내다 팔면 괜찮지만, 고춧가루로 만들어서 상표를 붙여 팔면 안 되는 거다.

자본 중심의 가공 사업을 바꾸어야 하지만, 뜻만으로는 어려운 것들이 많은 게 현실이다. 법 제도적인 것을 바꾸어야 진정으로 지역 순환이 가능해질 것이다.

그렇게 어렵게 가공 사업을 시작했다고 해서 모든 게 끝난 것이 아니다. 판매와 마케팅이라는 더 높은 산이 버티고 있다. 횡성은 특히 그렇다. 횡성은 친환경 농산물을 취급하는 단위가 많지 않다. 원주만 해도 한살림생협이 시작된 곳으로 생협 조합원이 많고 판매로도 나름대로 든든하게 확보된 편이다.

그러니 횡성에서 만든 두부지만, 사실상 횡성에서 판매하기가 쉽지 않다. 이들 스스로 판매로를 확보하기 위해 상지대학교와도 접촉해보고 있다. 상지대학교의 경우 구내식당의 재료를 유기농으로 바꾸고 있는데, 두부도 계획이 있어 이야기를 진행하고 있다. 그런데 유기농으로 바꿀 경우 가격 차가 크기 때문에 상지대학교 측에서도 고민이 많다고 한다.

무엇보다도 중요한 건 횡성에서 먼저 판매를 확보하는 것이다. 농협 하나로마트에 두부를 넣으려고 했지만 장소 문제로 거부당했을 때는 충분히 홍보하지 못했다는 걸 알면서도 서운한 마음이 들기도 했단다. 그러면서 횡성 관내에서도 할 일이 많다고 느낀다고 한다.

농민들이 어려울 수밖에 없는 진짜 이유

영농조합법인 텃밭이 가공 사업을 시작하면서 깨달은 사실은 '기업하기 좋은 도시'를 표방하는 횡성군이 내부인들에게는 닫혀 있다는 것이다. 외지인들을 향해 열린 기업하기 좋은 도시라는 공간은, 내부인들에게는 들어가기 어려운 공간이다.

'디○○○○'이라는 곳이 있는데, 원래는 횡성의 특산물인 복분자를 육성하기 위해 유치했다. 그래서 20억 원가량을 지원해 공장과 펜션을 지어주었다. 그런데 첫해만 횡성 복분자를 수천만 원어치 사준 것뿐이고 나중에는 전라도의 것을 수매했다. 복분자에 주목한 것도 단체장의 개인적 생각이었던 것 같다. 전 군수의 경우 복분자를 가지고 할 수 있는 것을 다 해보려고 했다. 묘목도 거의 무상으로 제공할 정도였다. 군수가 바뀌고 나니 더 이상 아무도 복분자에 관심을 갖지 않았다. 판로가 없어지니 농가들이 복분자를 갈아엎기도 했다.

횡성군은 기업하기 좋은 도시를 지향한다. 그러나 정작 지역 주민들에게는 하나도 도움이 되지 않는다. 외부에서 자본이 들어올 때만 편의가 되는 거다.

가공 사업을 시작하기도 판매하기도 어려운 현실 때문에 이들의

어렵게 시작해 어렵게 꾸려가고 있지만 이들은
엄마의 마음으로 맛과 건강을 생각하면서 전통 두부를 만들어
텃밭이라고 이름 붙이기를 멈추지 않는다.

노력에도 텃밭두부는 아직 손익분기점을 넘기지 못했다. 적자 장사를 하고 있는 셈이다.

텃밭은 스물여섯 명의 조합원이 3천 6백여 만 원이라는 적다면 적은 자본을 모아 만들었다. 둥지를 틀고 있는 횡성창업보육센터가 다른 공장보다 조건이 훨씬 좋지만, 당장 보증금과 월세도 부담스러운 형편이다.

손익분기점이 하루에 3백 모 정도다. 네 사람이 일하면 그 정도는 팔아야 균형점을 맞출 수 있다. 그런데 원주권의 한살림과 생협, 상지대학교를 포함하고 횡성군에 팔아도 150모밖에 안 된다. 인건비와 재료비, 포장비와 연료비 등을 따지면 1일 생산량 45만 원어치는 넘겨야 하는데 말이다. 아직 손익분기점에 다다르지 못했으니 초기 비용이 더 필요한 상황이다.

텃밭은 우선 원주권을 중심으로 두부를 공급하고 있지만, 서울과 수도권까지 확대해나갈 계획이다. 그러기 위해서 가장 중요한 것은 '맛'임을 이들은 잊지 않는다.

맛은 재료에서부터, 재료는 농민에게서부터

농사를 짓지 않는 시간에 농민들은 싸워왔다. 무능한 정부와 싸워왔고, 숱한 규제와 싸워왔으며, 농민 대상의 정책적 지원을 요구하며 싸워왔다. 하지만 이제 시대가 바뀌고 있고 농업인들의 생각도 바뀌고 있다.

텃밭두부와 같은 여성 농민들의 작업을 농림부가 지원해야 한다. 지금 우리 농업을 보면, 전국의 농민들이 자포자기하고 주저앉아 있는 상태나 다름없다. 텃밭두부 사람들은 자신들처럼 젊은 여성 농업인들이 농업으로 성공한 선례를 만들어 전국적으로 벤치마킹할 수 있는 모델이 되고자 한다. 이들은 자신들이 하지 않으면 농업이 더 어려워질 것이라 생각한다.

그래서 텃밭은 탄생했다. 어렵게 만든 만큼 텃밭을 가꾸기 위한 이들의 노력은 조금도 쉴 줄을 모른다. 이들은 텃밭뿐 아니라 텃밭에 들어오는 콩 등의 원재료에도 크게 신경 쓰고 있다. 두부의 맛은 재료에서부터 시작한다고 해도 과언이 아니기 때문이다.

텃밭에 들어오는 콩을 재배하는 농민들에게 이들은 '착한 콩 작목반'이라는 이름을 붙였다. 착한 사람들이 농사지은 것을 텃밭에 들어오게 하자는 취지에서 작목반을 구성하기로 한 것이다. 작목반이든 텃밭두부든 곧 안착되리라 보인다. 이렇게 하루하루, 그렇게 한 달과 한 해를 보내고 나면 텃밭이라는 이름을 더 자주 볼 수 있지 않을까.

이들 스스로 욕심 없이 시작한 일이다. 돈 벌어보자는 경제적 필요성보다 농민으로서 당위적 필요성을 먼저 느꼈다. 그래서 시작한 일이다. 시작은 어려웠지만, 그런 일일수록 결실은 더욱 커야 한다. 그래야 제대로 굴러가는 사회가 아니겠는가.

지금 당장은 손익분기점을 넘기지 못하고, 적자를 면하지 못하고, 넘어야 할 산까지 굳건히 앞에 버티고 있다. 그럼에도 불구하고 이들의 앞날은 결코 어둡지 않을 것이다. 또 그렇게 밝은 미래를 소망해본다. 그리고 땀 흘리는 농부들이 좀 더 행복해지는 사회가 되어야 한다는 이들의 믿음만큼 이들의 성공을 믿는다.

미생물제제 A

유기농도 과학입니다

유기농을 누구는 자연과 더불어 생태적으로 사는 길이라고 하고, 누구는 우리 건강을 살리는 길이라고 하고, 누구는 한국 농업이 살 길이라고 한다. 처한 입장에 따라 이야기의 내용이 다르지만 모두에게 좋은 길임은 틀림없다.

유기농이 뭘까? 비료, 농약 안 치고 조작하지 않는 게 유기농일까? 그게 다인가? 충북 괴산의 이태근 흙살림 회장을 만나면 답을 얻을 수 있을 것 같았다.

흙살림은 농민들에게 친환경 농자재를 공급해 안전한 농산물을 생산하게 하는 친환경 농자재 은행이다. 1993년 6월 괴산에서 유기농을 하던 이태근 회장이 농민들과 함께 '괴산군소비자협동조합'에서 만든 사단법인이다. 사실 흙살림은 유기농 바람에도 유기농에 필수적인 미생물 효소 하나 우리 것이 없었던 1990년대 초에 이태근 회장과 유기농 농사꾼들이 의기투합하여 만든 '괴산미생물연구소'와 '흙살림연구소'에서 이어진 것이다. 흙살림연구소에서는 토양 개량용 미생물제인 '흙살림'과 광합성 미생물 약제 '빛모음', 그리고 음식물 찌꺼기 발효제 '부엌살림' 등을 만들어 농가에 보급했다.

국내에서 유기농 자재에 처음으로 관심을 기울이고 이를 생산해 낸 이태근 회장과 그가 만든 흙살림은 유기농의 역사이자 유기농 자재의 역사이다.

오기로 만든 흙살림연구소

이태근 회장은 1984년에 충북 괴산군에 내려온 귀농자로 농민운동에도 앞장섰던 이력이 있다. 그러나 농민운동을 통해 농민들에게 닥친 과제를 해결하는 데 한계를 느꼈고, 다른 방향을 모색했다. 한계를 극복하고자 몰두한 것이 미생물이었다. 농사의 실제적 기술을 고민해보자는 취지로 괴산 사람들끼리 미생물연구회를 만들었다.

그때만 해도 유기농이 사람들에게 어필하지 못하던 시대였다. 유기농에 필요한 미생물도 모두 일본에서 수입되고 있었다. 그런 현실이 못내 마뜩잖았던 이태근 회장은 '미생물조차 국산화를 못하는가' 하고 오기가 들었다고 한다. 미생물 전문가가 아니었지만 친구들에게 자문도 얻어가며 1994년 농민들과 함께 출자해서 흙살림연구소를 만들었다.

미생물 연구를 본격적으로 시작한 것은 1993년이었고, 1994년 연구소를 열면서 더욱더 연구가 활발해졌다. 이후 1996년 충청북

도에서 이곳을 명예 유기농 연구소로 지정하면서 점점 지평을 넓혀갔다.

이때까지만 해도 연구소는 운동과 사업이 혼용되어 있었다. 유기농 운동도 하면서, 유기농에 필요한 농자재를 생산하는 식이었다. 그러다가 2000년에 사업 부분을 따로 떼어 유기농 자재를 생산하는 주식회사로 분리, 독립시켰다. 이태근 회장이 땅을 내놓고, 한살림과 농민들이 출자해 만들었다. 그렇게 해서 우리 토양에 맞는 유기농 자재가 생산되기 시작했다.

비밀하우스나 논의 생태계나

이태근 회장이 미생물에, 그리고 미생물이 사는 흙에 관심을 기울이게 된 것은 '유기농 기술 수준은 결국 흙의 수준이 어느 정도 되느냐에 달려 있다'는 믿음 때문이다. 우리나라는 흙 자체나 환경이 병해충이 잘 살고 토양도 기름지지 않아 유기농을 하기가 불리한 조건이라고 한다. 그런 데다가 단작이 많고 돈 되는 작물만 유기농을 한다. 단작은 땅을 버리는 데 가장 빠른 지름길이다. 그래서 다른 나라는 단작이나 연작이 아니라 혼작, 윤작, 간작 등의 방법을 사용한다.

흙을 살리는 일은 단작, 연작을 하지 않는 방법도 있지만 우선 유기농 자재를 써야 한다. 그러나 생산량을 높여야 한다는 부담이 있는 게 사실이다. 그래서 흙살림연구소는 토착 기술과 과학 기술을 어떻게 결합시킬지, 농약과 비료를 쓰지 않고도 어떻게 생산력

농약과 비료, 단작으로 망가진 우리 흙을 흙살림 사람들이 살리고 있었다.

을 높일 수 있을지에 관심이 많다. 유기농에 대한 부정적 시선 가운데 하나가 경제적인 면인데, 그것을 극복하고자 하는 것이다. 이태근 회장은 그 해답이 흙에 있다고 말한다.

흙살림은 국내 최초로 유기농 기술을 연구하는 시도를 했다. 시도 끝에 내린 결론은 '흙'이다. 유기농의 핵심은 흙 살리기라고 본 것이다. 흙은 그 자체가 미생물과 단백질 덩어리다. 그러니 어떻게 흙을 제대로 만들고 복원할 것인가가 문제인 것이다. 태평 농법, 우렁이 농법, 오리 농법 등이 유기농의 핵심이 아니다. 단지 제초제 대신에 우렁이와 오리를 쓰는 것일 뿐이다.

흙이 기본인데, 흙이 제대로 안 살아 있어서 병이 생기고 지력이 쇠퇴하다 보니 자재를 많이 투입한다. 이런 악순환이 계속되니 우리 흙은 균형이 많이 깨져 있다. 마치 바람이 조금만 차도 감기가 들듯이 우리 흙도 많이 상해 있고 약화되어 있다.

흙에 대한 그의 관심은 남다른 데가 있다. 그러니 흙살림이란 다소 생소한 연구소를 세우고, 그렇게 몰두했을 터이다. 흙은 생태계의 기반이 되는 것이고, 단순히 농작물만 생산하는 곳이 아니라고 이태근 회장은 말한다. 즉 논이 쌀만 생산하는 곳이 아니라는 것이다.

우리네 전통 농업에서 논은 쌀이 생산되는 곳임과 동시에 미꾸라지, 송어를 키워 잡아먹을 수 있는 공간이었다. 그러나 지금은 쌀만 생산하게끔 되어 있다. 이러다 보니 자연히 생태계가 파괴되어버렸다.

이태근 회장은 생산량을 늘리는 것보다 어떻게 하면 논의 생태계를 복원할 수 있을지가 우리나라 농업의 관건이라고 한다. 우리나라 농업에서 논이라는 것은 너무나 중요하다. 많이들 하고 있는 비닐하우스는 농업이라기보다는 공업에 가깝다. 비닐하우스를 세우는 것보다 논의 생태계를 복원하는 것이 우리 농업의 우선 과제이다.

누가 우리 유기농을 가로막는가

유기농 바람이 부니 대기업까지 뛰어들고 있다. 정부가 유기농에 지원하고 돈 냄새가 나니까 관심을 갖게 된 것이다. 그동안 농업정책을 장악했던 농약 비료와 종자를 취급하던 농업 대기업들이 앞장서고 있다. 그들은 유기농 자재를 수입한다거나 소규모 회사들에게 납품을 받아 팔아주는 일을 시작했다. 그러면서 직원들을 빼내가고, 유기농 자재 가격을 낮추어 토종 유기농 자재가 살아날 토양을 앗아가고 있다.

정부도 문제다. 이태근 회장은 정부가 유기농에는 관심이 없고 생산력을 높이는 데만 집중하다 보니 어정쩡한 상태에 머물 수밖에 없다고 말한다. 미국은 유전자 조작 식품 GMO를 가지고 세계를 재배하고, 일본은 농약 비료 안 해도 생산력이 증대되는 종자를 개발하고 있다. 그런데 우리 정부나 기업은 재정 능력도 있고 연구 능력도 있지만 철학이 없다 보니 연구가 잘 이루어지지 않는다.

연구가 너무 부족하다. 우리나라에서 유기농이 가능하냐고 묻는 사람들을 설득시키기 위한 자료도 부족하고, 제초제 한 번 쓰면 되니 자신들이 가장 친환경적이라는 GMO 만드는 사람들의 주장에 반박할 과학적 근거를 제대로 갖추고 있지도 못하다.

통합적인 유기농 정책이나 방향이 없는 것도 문제다. 제대로 된 농업정책이란 게 없으니 유기농에 대한 통합적인 정책이 있을 리 만무하다. 그런 정책의 대표적인 예가 유기농업이 대안이라고 하면서 농자재를 지나치게 많이 투입해 생산량을 늘리려는 것이다.

친환경 유기농업이 대안이라고 하는데, 유기농업은 점점 관행농업을 닮아가고 있다. 농약 대신 자재 중심으로 유기농업을 하려하니 생산비도 많이 올라가고 한계도 나타난다. 과학 기술이 집대성된 농업을 한다고 하면서 비닐 등의 자재를 엄청나게 투입한다. 비닐은 석유로 만들어지기 때문에 농사지으면서 비닐을 쓰는 것은 석유를 쓰는 것과 마찬가지다. 우리나라에서만 유독 비닐을 많이 쓴다. 일본도 이 정도까지는 안 쓴다.

남부 지방은 온도가 높기 때문에 연료를 많이 쓰지 않아도 농작물을 키우는 것이 가능하다. 그러나 중부 지방 위로는 남부 지방과는 달리 연료를 써야 한다. 그러나 네덜란드처럼 아주 공장식으로 만들 수 있는 것도 아니라서 우리의 경우는 어정쩡한 게 사실이다. 공장도 아니고 농장도 아닌 형태가 되는 것이다. 더구나 일반 농민의 역량으로는 어림도 없다. 그러다 보니 실패를 많이 하게 되는 것이다.

다시 한 번 이태근 회장은 그 대안이 흙이라고 말한다. 자재를 투입해서 생산력을 높이는 것은 한계가 있고, 많은 에너지가 들어가기 때문이다. 그는 흙과 농사 기술을 7대3 정도로 생각한다. 농사 기술도 좋지만, 흙을 살려서 농업을 일으키는 데 역점을 두어야 하는 것이다.

유기농은 전 국민의 문제다

흙을 살리는 것만큼 중요한 게 농업에 대한 국민들의 관심이다. 이태근 회장은 한반도에서 유기농 선언을 할 필요가 있다면서, 그러려면 국민들의 관심이 수반되어야 한다고 주장한다. 농업에 대한 전 국민의 관심이 필요하다.

그는 FTA에도 불만이 많다. FTA를 하면 곡물 가격이 21.8퍼센트 이상 내려간다고 정부는 주장했지만, 세계 곡물 시장에서 가격이 폭등하는 현재 상황을 보면 큰일이 날 수가 있기 때문이다. 쿠바처럼 식량이 모자라지 않을 것이라는 예측이 잘못될 수도 있다. 이것이 농업에 대한 국민의 관심이 필요한 또 다른 이유다.

이태근 회장이 4년쯤 전에 가본 쿠바는 먹을 것을 전 국민의 관심사로 만들고, 전 국민이 참여하게끔 한다고 한다. 그러나 우리는 그렇지 못하다. FTA 하면 농민들만의 문제인 것처럼 생각하지만, 사실은 전 국민의 문제이다.

게다가 우리는 농민과 도시민이 구별되어 있다. 국가는 도시와 농촌 사이의 격차를 줄이려고 하는데, 그 격차는 돈을 아무리 퍼부어도 줄어들지 않는다. 그 격차를 원천적으로 줄일 수 있는 방법이 농업에 대한 문제를 전 국민의 문제로 확대시키는 것이다. 전 국민이 농업에 대한 새로운 발상을 가져야 농업이 산다. 쿠바에서는 학생들이 일주일에 한 번은 농촌에 가서 풀을 뽑아준다. 그러니 농민과 농업을 자연스럽게 이해하게 되는 것이다. 그런 발상이 우리에게 절실하다.

유기농은 어느새 한국 농업의 대안이 되었다. 그러나 무분별한 유기농의 확산은 오히려 독이 될 수도 있다. 유기농 농산물의 생산은 소비자의 의식 수준과 함께 발전해야 한다.

방법이 없으니까 친환경 유기농이 대안이라며 지방정부에서 돈을 대고 지원하기 시작했다. 그렇게 경쟁이 붙으니 그동안 유기농을 해온 사람들은 힘들어졌다. 최소한 얼마는 받아야 한다는 적정 가격이 있는데, 새롭게 시작한 사람이 싸게 치고 들어가면서 힘들어지는 것이다. 거기에 지방자치단체가 지원을 하니 덤핑을 해도 농민에게는 손해가 없다. 유기농에 대한 소비자의 이해가 부족한 상태에서 생산까지 과잉되어버렸다.

유기농은 단순히 친환경 농산물 생산만을 말하는 게 아니다. 조직화된 생산자와 소비자의 협력이 바로 유기농이다. 그런데 일반 백화점과 대형 마트 중심으로 유기농 사업이 진행되다 보니 유기농 식품을 많이 수입하게 되었다. 이 지점에서 대안무역도 고민해보아야 한다.

이태근 회장이 유기농을 생산자와 소비자 간의 협력이라고 정의 내리는 것에 공감한다. 믿음 속에서 먹을거리를 생산하고 그것을 소비할 때 작게는 유기농업이 뿌리를 내려 경쟁력을 강화할 수 있을 것이고, 크게는 먹을거리와 농업에 대한 전 국민의 관심이 생겨날 수 있을 것이다. 유기농이 새로운 대안임에는 틀림없다. 그러나 생산자와 소비자 간의 협력이 없을 때 그것은 진정한 대안으로 기능하지 못할 것도 틀림없는 일일 터이다.

사실 유기농이면서도 맛도 좋고 크기도 크고 때깔도 나야 한다는 소비자들의 요구에 맞추다 보니 에너지가 투입되고 가격도 올라가게 되었다. 원래 유기농은 에너지를 투입하지 않고 생산해야 한다. 그래서 생산 농가도 중요하지만 유기농을 받아들이는 소비자도 중요하다. 둘 사이에 협력이 이루어지면 다국적기업이 주로 생산하는 종자들 대신 토종 종자를 써도 될 것이다.

이렇게 생산과 인증, 유통이 하나로 통합되어야 진정한 유기농이 실현될 수 있다. 그래서 흙살림연구소는 출발은 농자재로 했지만 생산과 인증까지 한다.

흙살림은 사단법인이다 보니 일반 기업체와는 성격이 다를 수밖에 없다. 그렇지만 미국과 일본 등 다국적 농업 기업에 맞서 우리 농산물과 농자재를 지켜내고 시장에 안전한 농산물과 개발 농산자재를 공급해 만만치 않은 수익을 올리는 면에서는 여느 농업 기업과 다를 게 없다. 2005년 50억 원에 이어 2006년에는 60억 원의 매출을 올렸다. 유기농 불모지에서 연구를 시작해 그로부터 십 수 년의 세월 동안 이루어온 성과다.

그러나 고민이 사라진 것은 아니다. 과거 농약 팔고 비료 팔던 반유기농적 기업들이 겨우 이루어놓은 유기농 농자재 사업에 수입 자재를 가지고 뛰어들고 있기 때문이다. 그러나 유기농의 불모지를 일구어왔던 그의 뚝심과 의지가 이런 위기를 능히 이겨낼 수 있으리라.

유기농업과 유기농 자재의 역사를 뒤로하고 가는 길에 흙을 보면서 작은 혁명의 기운을 느꼈다. 그 위로 무분별한 농약 남용과 비료 과다 사용, 각종 환경오염 등으로 죽어가는 우리 땅, 우리 흙을 살리기 위해 노력하는 흙살림이 겹쳐졌다. 우리 농업의 또 하나의 귀한 희망을 발견했다.

3부
마을 문화가 예술이 되다

행복사랑

재래시장이 갤러리로 바뀌었어요

__경남 마산 부림시장

인터넷 쇼핑몰 구축, 현대적인 재건축, 상품권 발행, 배달 서비스 도입, 경영 컨설팅, 마케팅 투어 등 재래시장을 살리기 위한 온갖 정책이 도입되고 있다. 전국의 재래시장 상인들은 연합 조직을 구성해 생존권 투쟁에 나서는가 하면 정부, 지방자치단체, 중소기업청이나 상공회의소 등의 기관들이 재래시장 살리기에 나서기도 한다. 그러나 재래시장의 부활은 아직 요원하다.

이런 전국의 수백 곳 재래시장처럼 경남 마산의 '부림시장'도 침체의 늪에서 오랫동안 고통을 받아왔다. 그러나 다시 한 번 화려한 날갯짓으로 사람들의 발길을 불러 세우고 있다. '마산 행복시장'이라는 주제를 가지고 진행한 '부림시장 바꾸기 프로젝트'가 그것이다. 공공 미술 프로젝트를 추진하는 단체인 '프로젝트 쏠' 다섯 명과 경남대 미술교육과 학생들로 구성된 거리 예술제 팀 '스트리트 파인 아트' 등의 사람들이 참여해 이 프로젝트가 이루어졌다.

재래시장의 새바람을 느끼며 프로젝트 쏠 사람들과 부림시장 여기저기를 기웃거렸다. 옛 향수를 불러일으키는 작은 식당 곳곳의 그림들이 시장의 맛과 멋을 더한다. 옛 향수뿐만 아니라 어린 시절 장난기를 불러일으키는 형형색색의 그림들이 시장 구경의 신을 더한다.

각박한 마음에 희망의 씨앗을 뿌리다

부림시장을 예술 공간으로 탄생시킨 유창환 프로젝트 쏠 책임자가 기억하는 부림시장은 '두덕두덕 얹어주는 횟집이 즐비했고 어울릴 것 같지 않던 갤러리 여섯 개가 버젓이 지역의 미술 공간을 일구던 곳'이었다. 바다 매립이 진행되면서 바닷가와 멀어지자 횟집이 먼저 쇠퇴했고, 다른 상권이 등장하면서 부림시장 전체가 쇠퇴하기 시작했다.

유창환 대표는 가장 번화했던 곳, 지역 미술이 싹을 틔웠던 이곳에서 지역의 실험적 미술과 재래시장의 부활이라는 두 가지 꿈을 이루고 싶었다고 한다. 그런 생각을 가지고 행복시장 프로젝트에서는 기금에 연연하지 않았고, 현대미술의 작품성보다는 실생활 속 미술의 다양성을 강조했다. 재래시장 상인, 일반인, 작가 사이에서 미술에 의한 소통을 이루기 위해 그 작업은 재래시장 현장에서 함께 생각하고 서로 협력하며 이루어졌다.

프로젝트 쏠이 무슨 거창한 성공을 꿈꿨던 것은 아니었다. 이들이 이루고 싶은 꿈은 통계 수치 속에 가려진 성공이 아니었기 때문이다. 열악한 지역의 실정과 멀어 보이는 희망 속에서 시도하는 것

"행복시장 프로젝트는 열악한 환경에서 희망을 위해
뭔가를 시도하는 것 자체가 목표였습니다.
이를 위해 볼거리들을 먼저 만들어보려고 했고요."

자체가 하나의 목표였다. '우리도 할 수 있다', '아직 희망은 사라지지 않았다'는 것을 보여주는 것만으로 충분한 의미가 있다고 여겼다.

시장은 하나만으로 이루어지지 않는다. 시장은 주차 공간에서부터 볼거리, 먹을거리, 서비스 등 모든 것이 존재하는 공간이다. 그들은 그림을 그리는 사람이니 볼거리를 만들어보자고 생각했다.

작은 볼거리 하나로 재래시장에 새바람을 불어넣으려는 작지만 원대한 그 꿈은 상상도 못할 적은 예산으로 시작되었다. 프로젝트에 참여한 사람들 서른다섯 명이 각자 7만 원씩 부담해서 모은 것이다. 재래시장을 살리기 위해 다양한 정책과 억대의 돈이 재래시장에 들어가는 것 같지만, 실제로 재래시장은 아직도 목마르다. 하지만 그 어려운 과정에서 희망을 만들던 이들은 또 다른 희망을 보았다.

예산이 없어서 자발적으로 돈을 모았으니, 작업하는 한 달 동안 밥 먹을 돈이 모자랄 정도였다. 그런데 시장에서 부대끼며 하루하루 지내던 시장 사람들이 나서서 밥을 사주었다. 작은 일이지만 큰 놀라움이었다고 프로젝트 쪽의 천성진 작가가 말한다. 그런 마음으로 이들은 서로 화합하고 웃고 같이 만들어나가면서 즐겁게 작업할 수 있었다.

한 달간 소수가 자발적으로 돈을 모아 시작한 마산 행복시장 프로젝트. 일의 성과는 이들의 생각보다 놀라웠다. 부림시장에 그려진 그림들이 음악 공연과 퍼포먼스 공연으로 이어졌으며, 수많은 카메라 셔터와 인터뷰를 불러왔다.

그렇다고 해서 부림시장 작업에 참여한 거리의 예술가들과 프로젝트 쏠 작가들의 주머니가 두둑해졌거나 갑자기 부림시장을 찾는 사람들이 배로 늘어난 것은 아니다. 하지만 시장 사람들과 프로젝트 쏠 작가들은 할 수 있다는 희망, 우리도 달라질 수 있다는 희망을 조금씩 가슴속에 채울 수 있었다.

시장의 변화는 이용자가 아닌 그 속에서 삶을 영위하는 상인들에게서 일어났다. 당장 입에 풀칠하기 힘든 상인들이 이들의 모습을 좋게 봤을 리 만무하다. 해봐야 소용없다는 말도 많이 들었단다. 그런 그들이 먼저 나서서 청소를 해주고 간식과 식사를 서로 돌아가며 제공해주었다. 그것만으로도 이들에게는 하나의 성공이었다. 각박한 땅에 꽃 하나 피웠다면 숲을 이루지 못한다고 해도 성공이고, 그 자체만으로 아름다운 일임은 틀림없다.

지역에서 미술을 한다는 것

관심에서 한참을 벗어나 있던 부림시장에 사람들이 다시 관심을 가지기 시작했고, 방송국 카메라가 찾아왔으며, 다른 지역에도 이름이 알려지게 되었다. 공공 미술 단체 프로젝트 쏠도 부림시장 프로젝트를 통해 주머니가 아닌 마음이 풍성해졌다. 지역에서 미술을 하면서 가끔 맛보는 한여름 소나기 같은 마음 시원한 그리고 짜릿한 즐거움이었던 것이다.

먹고살기 힘든 지역에서 예술은 배부른 소리가 되기 십상이다. 그런 환경 속에서 미술 활동을 꾸준히 해온 프로젝트 쏠은 힘든 여건과 사람들의 편견을 깨는 작업을 공공 미술 작업과 함께 펼치며

'행복시장' 이라는 새로운 이름이 붙은 마산 부림시장이 행복한 봄을 맞고 있다.

어려움을 겪어왔다.

이들이 해온 작업들은 새로운 미술을 지향한 것이었지만 실험적 미술은 아니었다. 그럼에도 그것들이 실험적 미술로 받아들여질 정도로 지역이 낙후되어 있었다. 한때는 외국에서 작품 활동을 해 보고 싶었다고들 한다. 여기와는 상황이 완전히 다르니까. 하지만 너무 안타까워서 지역을 떠날 수가 없었다고 한다. 이들은 지역에 남아 있는 젊은 작가들과 계속 작업을 하고 싶었고, 그러다 보니 여기까지 왔다.

이들이 배가 불러서 붓을 잡았던 것은 아니다. 쏠의 유창환 대표는 어려운 집안 경제를 뒤로한 채 '굶어 죽는 직업'을 택했다. 그냥 그림이 좋았단다. 강민제 작가는 표정 하나 바꾸지 않고 말한다. 항상 굶으며 살아왔기 때문에 별로 어렵다고 생각하지 않고, 노숙자처럼 학교 현관에서 잔 날도 많다고.

하지만 정호 작가는 굶기 위해 붓을 잡은 것은 아니었다고 한다. 굶고도 할 수 있다는 것과 굶어 죽을 각오와는 다른 것 같다는. 정호 작가 말에 일리가 있다. 그림 그려서 먹고살 생각을 해야 하고, 그것이 바로 정호 작가가 '쏠'에 들어간 이유라고 한다. 부림시장이 부활하기를 바라며 참여한 것처럼 먹고살 생각을 하며 미술을 해야 '살아가는 미술'이 나오지 않겠냐는 그의 말에 고개가 끄덕여졌다.

젊은 작가들을 포용하면서 공동 작업을 하도록 하는 제도나 기회가 너무 없다. 그림으로는 이들의 생계가 해결되지 않는다. 유창환 대표는 가족의 배려와 희생으로 작품 활동을 하고 있고, 천시진 작가는 미술과는 별도로 생업을 해결할 창구를 열어두고 있다. 이는 다른 지역 예술가들 모두의 고민이기도 하다.

유창환 대표나 천시진 작가, 정호 작가 등은 지역에서 그림을 그리는 화가로서는 유일하게 독일 카셀의 도쿠멘타에 초청을 받았다. 그럼에도 어려움을 각오하고 지역에서 계속 활동하는 것은 그저 그림이 좋고 지역이 조금이라도 달라지기를 희망해서다. 부림시장이 이들의 그림 하나로 새바람이 불었듯 지역 미술계도 새롭게 달라지기를 바란다면 너무 먼 나라 이야기가 될까.

숫자로 보는 세상의 편리함에 너무나 익숙해져버린 우리. 부림시장의 이용객이 몇 명 더 늘어나고, 지역 미술계의 규모가 어떻게 커지고 하는 것들을 성공으로 이름 짓는 데 참 너그럽다. 그런 마음으로 부림시장 상인들의 작은 변화, 그들의 가슴속에 핀 꽃 한 송이, 지역에서 공공 미술을 하는 작가들의 마음속에 더 환하게 피어오른 열정을 볼 수 있을까.

이들의 노고에 박수를, 부림시장의 몸부림에 환호를 보내고 싶다. 그리고 여기, 잊고 지내던 온갖 추억과 웃음과 즐거움을 불러일으켜준 부림시장의 작은 가게들에게도.

양반들이 만든 전통 체험 마을

경북 고령군의 집성촌 개실마을을 찾았다. 이 동네는 점필제 김종 직이 무오사화로 부관참시를 당하고 혼망한 자손들이 내려와서 살 게 된 동네이다. 실제 동네 이름은 꽃이 핀다고 해서 '개화실'이라 고 불리기도 하고 '아름다울 가' 자를 써 '가곡嘉谷'으로 불리기도 한다.

개발에 목숨 걸고 전국이 도시화되고 있는 우리나라에서 전통이 란 게 온전히 남아 있다는 것도 신기한데, 마을 곳곳의 한옥들까지 그대로다. 개실마을의 전통을 체험하러 오는 사람들도 많다고 한 다. 보존만 하는 게 아니라 보급까지 하고 있는 것이다.

누가, 어떻게 이런 일을 벌이고 있는 것일까? 곳곳을 둘러보면 둘러볼수록 궁금증이 더해갔다.

개실마을에는 한옥이 많다. 90퍼센트 이상이 한옥이다. 이곳이 한옥 마을로 잘 보존된 데는 이유가 있다.

몇 년 전, 귀한 한옥 몇 채가 쓰러져가고 있는 걸 안타까워하던 주민들이 수리해서 민박으로라도 활용했으면 했단다. 그러다가 2007년 문화관광부의 고택 자원화 사업 덕분에 10년 동안 군에서 수리해주는 조건과 더불어 마을 한옥 열한 채의 사용권을 얻었다.

그해에 고향을 찾는 이 마을 출신 인사들뿐만 아니라 다른 지역 사람들이 묵고 갈 수 있도록 본격적으로 한옥들을 수리했다. 부엌을 입식으로 개조하고, 그릇을 쟁여 넣고, 여름을 대비하여 방충망까지 설치하면서 언제든 편하게 머물다 갈 수 있도록 개조해나갔다. 한옥 민박으로 생기는 수익은 마을 기금으로 적립해 마을 공동의 사업에 사용한다.

개실마을 사람들은 한옥뿐만 아니라 다른 모든 옛것을 고수하려 한다. 이곳을 찾는 사람들을 위해 개실마을의 옛날 양반 풍속을 그대로 체험하는 프로그램을 만든 것도 그런 이유에서다. 그런 프로그램의 하나로 종갓집에 인사하고 아침에 일어나 정갈하게 세수를 한 다음 사당부터 참배하는 등 옛날 양반들이 했던 것들을 그대로 재현하기도 한다. 단순히 재현만 하는 게 아니라 마음 수양까지 엄격하게 시킨다.

새해에만 운영하는 농촌 체험 프로그램에 개실마을의 미풍양속도 넣었다. 12월 31일 그믐부터 누구나 집집마다 방문하여 어른에게 인사를 한다. 묵은세배는 12시 전에 방에서 나오면서 하고, 새해 세배는 들어가면서 한다. 이틀 동안 세배를 두 번 하는 셈이다.

개실마을 사람들은 전통문화와 전통놀이도 체험 프로그램을 통해 재현한다. 전통 방식으로 엿을 만드는 체험 프로그램도 있다. 엄마와 아이가 함께 참여하는 경우가 많은데, 엿 만들기를 처음 접한 많은 엄마들이 아이들보다 더 신기해한다고 한다.

그 밖에 이곳에서 옛날 자치기, 제기차기, 연날리기, 그네뛰기, 널뛰기, 굴렁쇠, 짱 치기 등을 할 수도 있다. 떡메 치기, 떡 만들기, 한과 만들기 등도 해볼 수 있다. 전통 차 시음이나 7첩 반상을 받기도 한다. 개실마을 사람들은 전통 혼례식도 체험 프로그램에 넣을 생각이란다.

이들은 개실마을에 맞는 일만 한다. 다른 마을 사람들이 한다고 해서 따라 하지 않는다. 또한 이들은 전통에 대한 생각 없이 장삿속으로 운영하고 호객 행위를 하는 체험 마을이 되어서는 절대 안 된다고 말한다.

외부인이 들어와서 가게를 열겠다고 한 적이 있었다고 한다. '외부인이든 내부 사람이든 단 한 사람이라도 마을 내에서 장사할 수 있도록 해주면 다른 사람들도 하겠다고 나섰을 때 막을 방법이 없다. 그러면 전통이고 뭐고 서로 경쟁하게 될 것이고 큰 싸움이 벌어질지도 모른다. 온 동네가 갈라서고 갈등하면서 마을의 아무것도 지키지 못할 것이다' 라는 생각에 단호하게 거절했다고 한다.

이렇게 개실마을 사람들은 마을의 전통을 지키기 위해서라면 뭐든지 철저하다.

개실마을에는 많은 자원이 있지만 특히 중요한 건 인적 자원이다. 도예가가 지도하는 도예 체험장을 중심으로 도예 마을 축제를 할 계획이다.

마을 사람 가운데 전국소싸움협회장이 있어 싸움소가 몇 마리 있다. 이 마을을 찾는 사람들을 소에 태워 동네 한 바퀴 도는 것도 좋은 체험이 될 것이다.

전설이 서린 장소들도 재현하려 한다. 과거 이 마을 조상 가운데 효자가 있었다. 병든 부모가 한겨울에 잉어가 먹고 싶다고 해서 그 당시 마을에 있는 연못에 가서 기다렸더니 잉어가 솟구쳐 올라왔다는 전설이 있다. 그곳을 마을에서는 잉어배미라고 부른다. 지금은 논이지만, 그 연못을 재현할 것이다.

또한 개실마을에는 도적굴이 있다. 역적으로 몰려 간신히 이 동네에 숨어든 조상이 꿈에 나타난 12대조의 말을 듣고 그 굴에 가봤더니 엽전 꾸러미가 엄청 나왔다. 도적들이 두고 간 게 아닌가 해서 도적굴이라고 불렀다고 한다. 그 돈으로 그 조상은 이 마을을 일구었다고 한다.

어렸을 때 마을 어르신들이 이런저런 이야기를 할 때는 잔소리로밖에 들리지 않았다고 개실마을 사람들은 말한다. 그러나 지금은 그 말씀들이 보물이라고 생각한다. 마을의 역사라든지 습속이라든지 풍속에 관한 말씀들이 모두 보물같이 귀한 것들이었다.

어느 시대든 그렇다. 자식이나 집안의 어린 사람들에게 이런 이야기를 하면 마이동풍이다. 그러니 기록하고 실현하지 않으면 모든 것이 사라진다. 개실마을 사람들은 이런 기록들을 모두 활용하려고 노력한다.

종손의 한마디, "이거 와카노!"

집성촌이다보니 옹기종기 모여 살게 되었다. 마을 사람들은 촌수로 따지면 대체로 20대 안이라고 한다. 이렇게 개실마을은 일족이 살기 때문에 전체 주민이 참여하여 마을을 운영한다.

종손이 위원장을 맡고 있다. 사대부 촌이다. 영남 일대에서는 대단한 종가들이며 아직도 큰 한옥, 제대로 된 한옥이 남아 있다. 너무 큰 집을 지어 암행어사에게 적발되어서 당시로서는 엄청난 거액인 천 냥을 벌금으로 낸 적도 있다고 하니 그 규모가 어떤지 짐작이 갈 것이다.

개실마을은 종손을 앞에 세우고 운영된다. 종손의 말이라면 누구나 듣고 따른다. 습속도 그대로 남아 있어 이것이 마을의 큰 자산이다.

이 집성촌의 종손 김병식 위원장은 '살아 있는 박물관'이라 할 정도로 개실마을에 대해서뿐만 아니라 경상도 일대의 전통과 습속에도 밝다. 보학譜學도 잘해 사람 이름만 들어도 벌써 어느 동네 누구의 후손인지 척척 알아맞힐 정도다.

김병식 위원장은 작년에 일흔둘의 나이로 회혼식을 맞았다. 열다섯에 할아버지 령에 따라 장가를 갔으나 다음 해에 할아버지가 돌아가셨다. 그때부터 그는 고함을 지르면서 살아왔다고 한다.

"이거 와카노! 전통에 충실해야지.
장사꾼은 절대 안 된데이."

마을의 최고 어른이며 '살아 있는 호랑이' 김병식 위원장이 있기에
개실마을의 아름다운 전통이 변함없이 유지되어간다.

집성촌 종손이 가지는 특권은 고함을 지를 수 있다는 것이다. 집성촌 종손은 마을의 판검사이기도 하다. 임금은 '무치無恥'라고 하여 부끄러울 것이 없다. 종손도 마찬가지다. 부부가 싸움을 벌여 문제가 되면 그에게 가서 심판을 받는다.

종손인 그는 1년에 모두 열다섯 번의 제사를 지낸다. 4대 봉제사, 국불천위國不遷位, 사불천위士不遷位, 할아버지 일곱 분 할머니 여섯 분, 설, 추석 기제사 등. 국불천위는 나라에 큰 공을 세웠거나 학덕이 높은 인물을 영구히 모시라고 왕이 명한 제사이고 유림에서 발의하여 정한 사불천위士不遷位가 있다.

그는 하루에도 여러 번 옷을 갈아입는다. 많을 때는 아홉 번을 바꿔 입을 때도 있다. 평복을 하고 있다가도 손님이 오면 한복을 갖춰 입고 맞는다.

김병식 위원장의 집에는 솟을대문이 있다. 영남 사림파인 점필제 김종직이 1507년 중종 때 신원伸寃되고 나서 만들어진 것이다. 그런데 양산을 쓰고 그 솟을대문을 통과하는 여자가 있으면 그는 큰 소리로 고함을 친다. "어디라고 함부로 여자가 양산을 쓰고 이 문을 통과하느냐"고. 하회마을의 유성룡 종택의 종손과도 친해 한번은 그 집 마루에 앉아 있는데 어떤 여자가 수영복 같은 옷을 입고 양산을 쓰고 솟을대문을 통해 들어오더란다. 그걸 보고 대노해서 남의 동네지만 고함을 쳤다.

길거리에서 배꼽을 내놓고 다니는 여자들을 보면 그는 이런 생각이 든다고 한다. "이거 와카노!" 그 역시 현대인이지만, 요즘 하는 것들을 보면 심하다 싶단다. 먹는 것 아니면 여자들 배꼽 내놓는 것이라서 텔레비전도 볼 게 없단다.

개실마을에는 호랑이 한 마리가 살고 있다. 그 호랑이 김병식 위원장의 고함 소리는 이 마을의 최고 어른이 살아 있음을 보여주는 상징이다. '살아 있는 호랑이'로 말미암아 이 동네는 더욱 빛난다. 유교 가문, 양반 가문의 전통이 아직도 살아 있음을 보여주기 때문이다. 종손이 대청마루에 앉아 "허, 허~" 하면 모두가 꼼짝을 못한다.

그는 종손의 권한을 행사하며 마을의 구성원들을 도닥거리기도 하고 엄하게 꾸짖기도 하면서 이끌어간다. 열심히 전국을 다니며 농촌 관광, 농촌 살리기를 배우고 있는 부위원장과 추진위원들이 경영 마인드를 가지고 부드럽게 추진해나가는 것과 대조를 보이며 조화를 이루어나간다. 이것이 개실마을의 성공 비결이다.

영지회永志會라는 종손들의 모임이 있다. 매월 두 번째 화요일에 모이며, 보통 열 명 정도 나온다. 일성 김씨 김종직의 후손이자 종손인 그를 포함해서 안동 김씨 김계행, 풍산 김씨 김각현, 퇴계 종손 이금필, 유성룡의 종손 유영아를 포함하여 그 나이 또래인 장철수, 한운당 김경필 종손 등이 회원이다. 나이가 너무 많은 사람이나 젊은 사람은 빼고 나이가 벗 되도록 모였다. 이들이 모여 요즘의 시대 변화를 걱정한다.

마을의 젊은 사람들은 지금 객지에서 한창 돈을 벌어야 하기 때문에 바쁘다. 그래서 이들은 "우리가 백 살까지는 살아주어야 한다"고 말한다. 자식들이 다시 돌아올 때까지 살아야 한다는 것이다.

김병식 위원장은 복 없는 사람이 종손으로 태어난다고 생각했단다. 평생 가문의 짐을 지고 살아가야 하기 때문이다. 물론 요새는 자부심을 가지고 살아가지만.

이 일을 하기 전까지 개실마을 사람들은 마을 가꾸기가 뭔지 몰랐다. 마을을 개방해서 마을의 풍속을 우리나라 전역에 알려보자는 군수의 권유로 시작하게 되었다. 사실 양반 마을과 농촌 관광이라는 것이 안 어울리긴 하다. 그 당시 양반의 아녀자들이 외부 손님을 받아 밥해주고 빨래해주고 서비스해주는 건 얼토당토않은 소리로 받아들였다고 한다. 하지만 차츰 수입도 생기고 재미도 붙으면서 생각이 달라졌다.

김병식 위원장은 2002년부터 남해 다랭이마을, 하회마을 등 전국의 마을을 답사하고 있다. 삼성경제연구소의 민승규 박사가 하는 한국벤처농업대학에 들어가 졸업도 했고, 한국농촌관광대학의 1년짜리 코스도 끝냈다. 삼성경제연구소의 민승규 박사, 강신겸 박사와는 일이 있으면 수시로 상의한다. 개실마을 사람들 중 몇은 경북대학교 최고 경영자 과정을 이수하기도 했다. 학교라고 하는 곳, 교육하는 곳이라면 이들은 어디든 다닌다. 다행히 한국농촌관광대학은 1년 학비가 90만 원 하는데 모두 군에서 대준다. 그 대학을 매년 네 명씩 다녔다고 한다. 모두 일흔 먹은 할머니들이다. 그 학교 입교생 가운데 고령군 사람이 늘 최고로 많다.

개실마을이 성공적으로 운영되는 데는 부녀회의 역할이 참 크다. 일흔다섯이 넘어야 탈퇴할 수 있으니 그 역할이 클 수밖에 없다. 부녀회 사람들은 마을 일을 즐겁게 한다. 마을을 찾는 사람들에게 농담도 하고 한과도 같이 만들고 마을 일을 함께하면서 삶의 의미를 찾았다고 한다.

6년 전만 해도 개실마을 여자들은 바깥출입을 아예 못 했다. 그런 부인들이 나를 만나기 조금 전까지 풍물 연습을 하고 있었다. 풍물을 하면서 온갖 스트레스를 다 풀어버린다고 한다. 이 부인들은 마을에서는 먹골댁이니 개편댁이니 하는데, 사실 모두 영남의 최고 반가에서 시집온 사람들이다. 그러니 남들 앞에 나서기까지 얼마나 우여곡절이 많았겠는가.

2006년 체험관 개장 때는 부녀회 사람들이 풍물을 해야 하는데 종손 김병식 위원장의 반대에 부딪혔다고 한다. 외부 사람들 앞에서 여자들이 엉덩이를 흔들면서 풍물 치는 게 말이나 되냐는 거였다. 그러다가 "내가 없을 때라면 몰라도 풍물은 절대 안 된다"고 하면서 위원장이 자리를 피하자 결국 강행했다. 그 사건으로 개실마을은 고리타분한 양반 동네를 탈피했음을 외부 사람들에게 알렸다.

개실마을을 돕는 사람들

부녀회 사건이 있었던 체험관에서 개실마을은 에버랜드와 인연을 맺었다. 또 개장 후에는 네 군데 초등학교와 자매결연을 맺었다. 자매결연을 맺은 학교 학생들이 계속 체험을 하러 온다. 1인당 몇 천 원을 좋은 기억과 바꿔 간다. 덕분에 개장한 해에도 수입이 좋았다.

아이들은 연날리기, 한과 만들기 체험 등을 하며 좋아한다. 아이들뿐만 아니라 도시 사람들이 옛것을 찾아 느끼는 게 중요하다는 걸 이들은 몸으로 깨달았다. 옛것들 중에서도 사람들은 성산 김씨 일가를 많이 찾는다.

마을을 찾는 사람들을 위해 마을 홈페이지도 만들었고 열심히 관리하고 있다. 홈페이지에 마을 소식지도 게시한다. 홈페이지의 정보를 보고 마을을 찾는 사람들이 많다. 방문객에게 인적 사항을 적은 고객 관리 카드를 받아 사후 관리에까지 신경 쓰고 있다.

사실 이 양반들이 잘하는지 두고 보자며 관망하는 사람들도 있었다고 한다. 마을 내부 일에 참여하지 않으면서 비판적인 시선으로 보는 사람들도 있었다고 한다. 여전한 면도 있지만 개실마을과 개실마을 사람들은 조금씩 달라지고 있다. 마을 발전 과정에서 여러 차례 고비를 넘기도 했다. 이제 마을 재단까지 만들 수 있을 것 같다고 한다.

개실마을이 여기까지 오는 데 여러 기관과 사람들로부터 도움을 많이 받았고, 받고 있다. 우선 군수와 공무원들이 많이 도와준다. 오래된 한옥들을 고쳐주고 자주 들러 이런저런 애로를 다 듣고 해결해준다.

문화 예술이 죽지 않고 살아 숨 쉬는 마을이면 으레 미친 '건축쟁이'가 있다. 여기도 그렇다. 군청의 김광호 담당이 주인 된 마음으로 한옥 리모델링을 감독하고 있다. 이 일을 행정자치부의 '아름다운 마을 가꾸기' 사업 자금을 받아 지난 국민의 정부 때부터 시작했다. '농촌 마을 가꾸기' 사업에서 장려상을 수상해 3천만 원을 받기도 했다. 개실마을에 들른 날도 마을 여기저기에서 바삐 다니는 그를 볼 수 있었다.

파리까지 진출한 원주의 악바리 여성들

__ 강원 원주 원주한지문화제

이야기를 듣다 보니 참 악바리들이라는 생각이 들었다. 아무런 인적 자원도 없는, 그리고 경험도 없는 사람들이 '원주한지문화제'라는 축제를 시작했고, 그것을 반석 위에 올려놓았다. 관의 지원과 돈을 물리친 채 오직 시민의 힘으로, 시민의 자원봉사로 일궈낸 축제였다.

그렇게 자리 잡은 축제는 문화관광부가 지정한 40대 축제 안에 포함되었고, '한지테마파크'까지 만들어질 예정이다. 더 놀라운 것은 파리에서 한지문화제를 두 차례나 열어 최고의 찬사를 받은 것이다.

김진희 원주한지문화제 집행위원장과 이선경 기획위원장, 이들은 파리에 원주 한지 전문 숍을 내는 계획을 진행 중이다. 이들 두 악바리 여성의 꿈이 어디까지인지 알 수 없을 지경이다.

원주한지문화제가 탄생하게 된 계기는 황당하게도 최규하 전 대통령이 제공했다. 1991년 만들어진 원주민주청년회에서 최규하 전 대통령 생가 복원과 기념관 건립에 반대하는 운동을 전개하면서 원주의 전통인 한지를 발견해냈기 때문이다. 1994년 원주 지역의 시의회와 자치단체가 추진하던 일이었다. 그해부터 3년 동안 '원주민주청년회'의 백지화 투쟁이 이어졌다.

반대하는 이유는 여러 가지였다. 우선 멀쩡하게 살아 있는 사람의 생가를 복원하는 것이 한국인의 정서에 맞지 않다는 점, 시민의 의견을 모으는 토론회나 공청회를 하지 않고 밀실에서 이루어졌다는 점, 1980년 오일팔 광주 민주화 운동 당시 국가수반으로서 계엄을 불러왔고 무고한 시민들이 살상되었는데 책임을 지지 않았으며 이후 광주 청문회에 나오지도 않은 사람을 기릴 수 없다는 점, 그리고 1943년부터 1945년까지 행적이 불분명한 시기에 만주국 관리로 일했다는 점을 들어 반대했다. 반대 운동을 할 당시 원주민주청년회는 조상도, 지역 명사도 몰라본다는 욕을 들었다고 한다. 그러다가 1998년 민선 2기 시장 선거를 하면서 그 시책을 추진한 시장이 떨어지고 새롭게 당선된 시장이 생가 복원을 백지화한다고 선언했다.

3년간 투쟁을 하다가 원주민주청년회는 지역 명사라고 할 만한 사람이 최규하 전 대통령밖에 없는가에 의문을 가졌고, 일흔 넘은 어르신들을 대상으로 인터뷰를 했다. 그 과정에서 한지가 원주의 큰 전통임을 알게 되었다. 그 사실을 알고 나서는 아예 기념관 건

설을 위해 터 파기를 하고 있던 곳으로 이사를 해서 백지화를 목표
로 죽을 때까지 싸우기로 결심했다.

우선 그들은 그 터 구입 예산을 의결한 시의회를 감시해야겠다
는 생각에 여기저기 파헤치다가 엄청난 사실을 알았다. 모든 지역
언론이 시로부터 막대한 예산을 지원받고 있었던 것이다. 최규하
기념관 건설을 지지하는 글이 모든 언론에 실린 것도 그런 배경에
서 비롯되었다. 기념관 정책 백지화 이후에 그들은 의회 감시 운
동, 계도지 폐지 운동을 이어갔고, 결국 계도지 지원 항목이 사라
지게 만들었다.

시 예산을 들여다보면 시의 정책이 보인다. 지역에 오죽 문화가
없었으면 '최규하'라는 인물을 기리는 정책을 내놓게 되었을까. 당
시 원주에는 '치악제'라는 지역 축제 외에는 지역의 전통문화라 불
릴 만한 것이 없었다. 불미스러운 일을 백지화시키는 동안 지역사
회를 조사하면서 한지를 발견했고 원주 한지가 부활할 수 있었다.

손에서 손으로 잇는 원주 한지

한지 하면 사람들은 전주를 떠올린다. 한지가 전주의 특산품이
기도 하지만, 전주에서 한지를 특화시켜 사람들에게 널리 알리고
있기 때문이다. 하지만 한지가 원주의 특산품이라고 하면 의아하
게 생각할 이들이 많을 것이다. 나 역시 이들을 만나기 전까지 원
주 한지가 생소했다.

이런 나의 생각을 김진희 집행위원장이 바꾸어주었다. 한지와

은은한 것이 아름다운 원주의 한지는 전주의 한지와는 달리
지금도 수공업 형태로 생산되며 손에서 손으로 전해지고 있다.

관련된 기록이 전주보다는 많지 않지만, 좋을 호好에 닥나무 저楮 자를 쓰는 '호저면'이라는 지명이 남아 있고,《세종실록지리지》등 에 닥나무가 원주의 특산품이라고 실려 있다고 한다.

원주 노인들의 말에 따르면, 중앙선 철로를 통해 원주의 닥나무 가 운반되었다고 한다. 하지만 한지가 잿물을 이용해 만들어지고 그 잿물이 정화되지 않은 채 강으로 그대로 흘러든다는 이유로, 즉 공해를 유발한다고 하여 당시 수입되기 시작한 서양 종이로 대체 되고 말았다. 그게 1970년대 후반의 일이었고, 그 결과 원주에는 두 곳만 남기고 한지 공장이 거의 사라져버렸다.

그때 남은 공장은 지금도 수공업 형태로 한지를 만들고 있다. 바 로 이것이 원주 한지가 전주 한지와 다른 점이다. 수공업 형태로 만들어지고 있다는 것!

18세기《금오신화》가 인쇄된 종이라는 이유로 전주 한지가 유명 해졌다. 그러나 전주 한지는 공장이 많고 기계화되어 있다. 가격이 낮아지긴 했으나 잘 팔리지 않는다. 그래서 이들은 원주 한지 장인 들에게 기계화하지 말고 손으로만 만들라고 요청했다.

전주 한지와 원주 한지는 이런 면에서 다르다. 전주는 주로 흰색 한지인 화선지를 기계로 생산하고, 원주는 색지를 수공업 형태로 생산한다. 지금까지도 원주의 두 한지 공장에서는 수록지라고 해 서 손으로 한지를 만들고 있다.

뒤늦게 발견하게 된 지역의 전통문화인 한지를 살리고자 김진희 집행위원장과 이선경 기획위원장은 여러 방면으로 노력했다. 우선 이들은 특색 없이 구색 맞추기 식으로 이루어지던 원주 지역의 축제를 손봤다.

한지문화제를 하기 전, 관에다가 축제를 잘못하고 있다고 따지며 원주의 '찰옥수수축제'를 없애라고 요구했다. 둔치에 원주 시민들을 모아놓고 누가 더 큰 옥수수를 재배했나, 누가 제일 많이 옥수수를 먹나 경쟁하는 것이 축제의 주된 프로그램이었는데, 찰옥수수가 특산물인 홍천에서 시작한 축제를 내용도 없이 따라 한 것이었다.

또 관에서는 원주를 상징하는 것이 꿩이라며 매년 5백만 원을 투입하여 꿩을 방사해왔다. 그런데 이 꿩이 복숭아를 먹게 되면서 과수원에 피해를 입히기도 하고 방사된 꿩이 얼마 못 가 죽는 일이 허다했다. 알고 보니 방사한 꿩이 눈이 잘 보이지 않아 먹이를 잘 찾아 먹지 못해서 일어난 일이었다. 이들은 이것을 여론화시켰다.

박경리 선생이 원주에 와 계시다는 이유만으로 원주시청에서 1995년에 '토지문화제'를 열기도 했는데, 박경리 선생과 사전 논의도 없었고 《토지》와는 거리가 멀고 문화적 내용도 별로 없는 축제였다. 이에 대해 문제 제기를 하자 토지문화제는 한 번 열리고 없어졌다.

타 지역과의 변별성도 떨어지고 내용까지 부실한 축제가 생기게 된 것은 별다른 준비나 기획 없이 관 주도로 시작되었기 때문이다.

'원주시민연대' 정책실장이기도 한 이선경 기획위원장의 생각도 그렇다. 우리나라 축제의 대부분이 1980년대 전두환 정부 시절의 대표적인 관 축제인 '국풍'에서 시작되었다고 말한다. 관 주도로 하면 축제는 당연히 형식에 그치게 된다. 정부 권고에 따라 축제위원회를 구성하는데, 그 위원회의 위원들이 주로 관변 인사들이고 예산은 또 지방정부 예산이다 보니 그 틀을 벗어나지 못하는 것이다.

원주한지문화제는 그런 관 주도의 축제에서 탈피하려고 노력해 왔다. 한지문화제는 한 해에 3억 원 정도 예산이 드는데, 시에서 2007년에 2천만 원, 2008년에 5천만 원을 지원받았다. 나머지는 각 기업체의 후원금과 시민들의 후원금, 자원봉사로 꾸려간다.

처음 한지문화제를 기획했을 당시 이 두 여성은 관과는 전혀 관계없이 시민들이 주축이 되는 축제를 생각했다. 그래서 시민운동단체 내부에서 충분히 토론한 후 지역사회와 함께하는 게 좋겠다는 판단을 내리고 한지문화제위원회 설립을 지역사회에 제안했다. 취지를 설명하고 시민위원을 모았고, 지역의 건강한 지식인층과 한지 공장 경영자들, 관련 대학 전공자들을 대상으로 위원회를 꾸리기 시작했다.

지역사회에서 화답해주기 시작했고, 진보적인 사회단체에서도 화답해주었다. 그 결과 당시 운동권의 집합체였던 전국연합의 이창복 의장이 위원장을 맡았고, 지역사회에서 한지문화제의 추진 계획에 대한 설명회를 가졌다.

벽에 부딪힌다는 느낌을 여러 번 가졌지만, 이런 공론화 과정을 거치면서 여론이 움직이기 시작했고 원주의 특산품이 한지라는 것도 공유할 수 있었다. 이창복 위원장이 문화관광부를 무작정 찾아가 지원 결정을 받아냈고, 원주 출신인 김영진 국회의원에게도 찾아가 후원회장을 맡겼다.

김영진 의원과는 최규하 전 대통령의 생가 복원을 둘러싸고 싸움을 많이 하기는 했지만, 한지문화제 후원을 부탁하자 그는 시에도 요청하고 기업에도 이야기해서 예산을 따내는 데 공을 들였다고 한다. 시민위원들은 첫해부터 50만 원씩 후원금을 냈고, 지역 대학에서도 사업비를 따내 한지문화제를 열 수 있었다.

세 가지 이벤트로 성공적인 첫발을 내딛다

처음 여는 원주한지문화제. 홍보도 잘 안 된 상태였고, 원주와 한지와의 관련성을 잘 모르는 시민들을 대상으로 하는 축제인 만큼 여러 난관이 기다리고 있었다. 불안감이 심할 수밖에 없었고, 그 불안감을 없애기 위해, 즉 축제를 성공으로 이끌기 위해 세 가지 이벤트를 기획했다.

우선 한지로 패션쇼를 하기로 했다. 연출과 모델이 필요하다고 해서 무조건 당시 원주 사람이 운영하는 모델라인으로 찾아갔다. 모델라인 이재연 대표의 입장에서는 황당하지만, 원주 사람이니 승낙하지 않을 수 없었다. 또 두 대학의 의상과 학생들도 참여하도록 요청했다.

한지로 패션쇼를 한다는 것은 상상도 못했던 때라 주목받을 수 있었다. 더구나 한지 패션쇼를 아리랑TV에서 중계했는데, 원주한지문화제에서 협찬을 붙이기도 했다. 48개국 이상에 방영되는 것이어서 현대증권으로부터 5천만 원의 협찬금을 받았다. 원주한지문화제의 두 악바리 여성은 생각나면 무조건 실행하고 도전하는 사람들이다.

또 하나 시민들이 참여하는 축제가 중요하다고 보아 한지 공예품도 만들고 한지를 뜨기도 하면서 한지를 경험하고 느끼게 했다.

세 번째는 원주한지문화제 홍보 방법을 생각하다가 이창복 위원장이 스크린쿼터 공동대책위원장을 맡으면서 알게 된 영화인 안성기, 명계남, 강수연, 김윤진 씨 등을 불러 시민들과 함께 다양한 한지문화를 체험하게 했다.

그렇게 조직된 축제는 지역사회에서 큰 반향을 불러일으켰다. 생각보다 관람객이 많았고, 원주한지문화제의 첫해를 성공적으로 치렀다.

세 가지 이벤트도 이벤트였지만, 원주한지문화제 첫해를 성공적으로 치를 수 있었던 또 다른 이유는 시민들의 자원봉사와 자발적인 참여가 가능한 축제를 기획했다는 데 있다.

시에서 모든 예산을 지원해주는 축제는 아무래도 전시 행정의 측면이 강하다. 그래서 이들은 처음에는 원주시와의 관계를 어떻게 가져갈지 고민이었다고 한다. 행정적인 편의는 받지만 예산을 직접 받지는 않겠다는 원칙을 세웠다. 다른 축제들은 모두 시로부터 돈을 받았지만, 이들은 오히려 시 공무원들도 위원으로 참여시켜 돈을 내도록 했다. 그리고 참여하는 시민들과 부스에 들어온 한지 업체들로부터 참가비를 받는 방식으로 축제를 기획했다.

체험 프로그램도 공짜로 하지 않았는데, 체험객들로부터 받은

한지 패션쇼로 원주한지문화제는 문을 열었다.
전문 패션모델에 TV 중계에 수천만 원의 협찬금까지
하고 싶으면 한다, 하면 된다는 원주한지문화제의
두 악바리 여성의 도전 정신이 놀랍기만 하다.

돈만 6천만 원에 이른다. 천 원씩만 해도 6만 명이 왔다는 이야기다. 또 원주한지문화제에서는 한지 관련 업체들만 부스를 쓸 수 있도록 하고 부스 시설비를 받는다. 다른 축제에서는 오히려 부스마다 돈을 주는데 이들은 반대로 했던 것이다.

또 어느 지역 축제장에서나 빠지지 않는 먹을거리가 가득한 포장마차를 완전히 배제했다. 포장마차 없이도 30만 명을 모아낸다는 점에서 큰 의미가 있다. 지역사회에서 보지 못했던 신진 세력들을 공연 무대에 올리기도 했다. 그야말로 '한지'라는 테마에 충실하자는 식으로 문화제를 기획했던 것이다.

이들이 세운 원칙과 그에 따른 축제 기획은 적중했다. 물론 그럼에도 예산은 부족했다. 부족한 예산을 아끼기 위해 시민들의 자원봉사를 독려해 대학생, 주부, 한지 공예하는 사람들, 중고생까지 천 5백 명 정도의 자원봉사자들이 원주한지문화제에서 함께 일을 했다.

한국에서 일 벌이다 결국 파리까지

원주 한지 ISO 9001, 프랑스 국립도서관 영인본 한지 납품, 한국공업진흥청 원주 한지 품질 인증, 파리한지문화제 개최, 원주한지문화제 개최, 청와대 대통령 장관 임명장 납품, 원주한지공예관 운영, 한지테마파크 건립, 대한민국 한지대전 개최, 그리고 2010년 IAPMA(국제종이조형작가협회) 원주 총회 개최…….

지금까지 이들은 이런 성과를 이루어냈다. 한지라는 특성화된 지역 문화로 일궈낸 성과 치고는 대단하다고 말할 수밖에 없다. 이 성과를 기반으로 한지문화제위원회는 '한지대학'을 설립해 한지 디자인, 상품 개발, 전통 공예의 계승, 국제 문화 경쟁력 강화 등을 목표로 학생들을 육성시키려 하고 있다.

또 하나, 이들에게는 한지 문화를 국제사회에 알려야겠다는 목표가 있다. 국제사회에 알려서 한지를 팔자는 것이다. 그 일환으로 기획된 것이 파리한지문화제이다.

원주한지문화제에 관심을 가졌던 주철기 대사가 프랑스 대사로 일하게 되었다. 파리에서도 한번 해보자고 문화제 측에 제안했고 파리로 초청했다. 이들은 겁 없이 검토해보기로 했다. 결국 백방으로 노력한 끝에 2005년 4억 5천만 원의 돈을 들여 아클리마타시옹 공원에서 한 달 동안 한지 패션쇼 등 원주의 한지문화제를 그대로 재현했다.

그 당시 이들은 파리한지문화제 팸플릿이 떨어졌는지 확인한다고 퐁피두센터, 오르세 미술관에 수시로 가보기도 했다. 이런 열정이 한불 수교 120주년 행사로서 최고의 평판을 받게 되었다. 지금 이들의 꿈은 파리에 원주 한지 숍을 내는 것이다.

파리한지문화제는 프랑스 국영 TV 등에서 헤드라인으로 소개되기도 했다. 이를 기화로 한지가 외국에 많이 알려지고 국제 교류를 할 수 있는 기회가 생겼다. 2006년에는 문화관광부에서 1억 원을 지원받고 문화제 측에서 1억 원을 마련하여 파리한지문화제를 다시 열었다. 그 후 스트라스부르그 한인회의 초청으로 또 한 번 프랑스에 다녀왔고, 그 여력으로 '국제종이조형작가협회'와 2010년 원주 총회를 유치하기도 했다.

김진희 원주한지문화제 집행위원장과 이선경 기획위원장. 이 악바리 두 여성 덕분에 2005년, 2006년 파리한지문화제를 통해 파리 사람들도 원주 한지의 아름다움을 볼 수 있었다.

원주한지문화제는 이제 정착이 되었다고 해도 과언이 아니다. 한지문화제로 인해 원주시는 2006년 전통 옷과 한지로 산업자원부로부터 한지 산업 특구로 지정되었다. 한지가 문화를 넘어서 산업적인 측면으로까지 발전한 것이다. 그리고 지금 이 두 여성은 한지문화제를 넘어서 또 다른 사업을 구상하고 있다.

축제는 어찌 보면 소모성 행사다. 한지 문화를 정착시키기 위해서는 소프트웨어뿐만 아니라 하드웨어도 필요하다. 한지 축제라는 소프트웨어에서 시작해서 1999년부터 구성한 '한지테마파크'라는 하드웨어가 만들어지고 있다. 지역 경제에 도움이 되기 위해서는 한지 산업을 진흥해야겠고 그 디딤돌로 테마파크를 만들어야 한다고 보았던 것이다.

이들은 강원도와 문화관광부에 요청해서 2002년에 185억 원이 들어가는 한지테마파크 건설 사업을 성사시켰다. 그런데 발품 팔아 얻어온 것을 원주 시장이 한지테마파크가 아니라 '전통테마파크'로 바꾸겠다고 해서 착공이 연기되었었다. 원주와 관계없는 술, 유리 등을 '전통'이라는 이름으로 테마파크에 포함시킨다면 엉터리가 된다. 2007년에 착공하지 않으면 예산을 반납해야 했기 때문에 결국 원주시와 합의를 봤다. 술은 절대 안 되고 유리는 포함하되 먼저 한지테마파크를 짓고 유리는 다른 공간에 배치하기로 한 것이다.

시민의 힘으로 만드는 축제. 많은 이들이 바라는 것이다. 그러나 시민들이 자발적으로 참여해서 만드는 축제를 찾기는 그리 쉬운 일이 아니다. 우리의 축제는 여전히 관 주도로 이루어지고 있다. 이러한 현실에도 이곳에서는 시민의 힘으로, 또 시민운동가들의 힘으로 축제가 성공적으로 벌어지고 있다. 그 축제의 성공으로 지역 경제에 보탬이 되고 있는 것은 그 희귀성만큼이나 환영할 만한 일이다.

지역사회의 축제는 당연히 지역 시민들의 힘이 바탕이 될 때 자리를 잡을 수 있을 터. 과거 시장과 싸우고 시의원에게 따지던 악바리 그녀들이 지역 시민들과 열정과 투쟁으로 멋진 축제를 일구어내고 원주를 한지 문화 도시로 바꾸어내는 모습을 목도하면서 밑도 끝도 없는 자신감이 생겼다. 지역사회의 힘으로 축제의 전통을 늘 새롭게 만들어가는 원주한지문화제의 미래도 기꺼운 마음으로 보고 싶다.

명품 도시? 배다리 문화 없이 어림없다

조금은 독특한 이름의 '배다리마을'은 인천에 있다. '배다리'라는 이름은 바닷물이 드나들던 수로에 해산물을 실은 배들이 철교 아래까지 드나들었다고 해서 붙여진 이름이란다. 알 만한 사람들 사이에서는 이 이름이 꽤나 유명하다. 1897년 경인철도 공사가 처음 시작되었고, 우리나라 최초로 1892년 개교한 사립학교인 영화학교, 1907년 개교해 백 주년을 맞은 창영초등학교, 1927년 문을 연 인천양조장이 다 이곳 배다리마을에 있다.

이곳은 문화와 예술의 마을이기도 하고, 역사와 문화가 산적해 '인천의 살아 있는 박물관'으로 불리기도 한다. 또 배다리 철교 모퉁이의 헌책방 거리로 유명한 책의 마을이기도 하다. 헌책방 거리는 40여 년의 역사를 자랑한다. 또 최근에는 산업화의 물결에 휩쓸려 마을이 갈라질 위기에 놓이면서 지역공동체 운동과 문화, 환경 운동이 함께 벌어지고 있는 곳이기도 하다.

배다리마을을 찾은 그날도 배다리마을 한복판을 관통하는 8차

선 도로 건설 반대 시위와 이를 문화 운동으로 승화시키는 지역공
동체 문화가 만나 혼잡한 분위기가 연출되고 있었다. 시위로 소란
스럽기도 하고, 마을의 깊은 역사와 문화의 기운으로 생기가 넘쳐
나기도 했다. 마을과 마을 사람들을 겪어보니 사실 그 둘은 각기
제멋대로인 것이 아니라 한 방향을 지향하고 있었다. '생태 지향',
그리고 '주민들이 함께하는 지역 문화 형성'이라는 방향 말이다.

스페이스 빔, 배다리마을로 가다

백여 년의 시간을 보내며 문화와 예술로 열어가는 지역공동체
운동의 본거지가 된 배다리마을. 그곳에서 인천의 대안 예술 공간,
대안 예술 커뮤니티, 대안 예술 운동을 이끌고 있는 스페이스 빔의
민운기 문화기획자를 만났다.

스페이스 빔은 1920년 문을 열었다는 그 '인천양조장' 자리에 있
다. 아직도 건물 입구에 '인천양조주식회사'라는 간판이 있고, '품
질 향상'이라는 팻말이 제일 먼저 눈에 띄는 공간 곳곳에 술 냄새
진한 시설과 장치들이 자리를 잃지 않고 있다.

민운기 기획자는 배다리마을 이야기와 지역 문화 예술 이야기로
그런 공간을 채웠다. 서로 다르지만 결국은 하나로 귀속되는 그 이
야기는 스페이스 빔에 대한 설명으로 시작되었다.

시작부터 막막하다. 아니, 그 막막함은 이들을 만나려 한 순간부
터 시작되었는지도 모르겠다. 스페이스 빔의 정체를 어떻게 해야
잘 설명할 수 있을까.

인천 미술계의 대표적인 대안 미술 공간, 대안 미술 커뮤니티라고 불리는 스페이스 빔은 지난 1995년 '지역미술연구모임'으로 출발했다. 처음에는 스스로 공부하며 계간지를 발간했고 다양한 전시를 기획했다. 그러던 중 자신들이 꿈꾸는 대안 미술을 옮길 대안 공간이 필요해지면서 갤러리를 만들었다. 단순히 작품 발표 공간을 넘어서 지역사회에 대한 보다 구체적인 역할을 고민하고 대안을 만들어내는 공간이기를 원했다. 스페이스 빔은 전시 기획, 작가 지원, 미술 전문지 발간, 아카데미 운영 등의 프로그램으로 일반인들과의 거리를 좁히면서 지역 사람들과 함께 지역사회의 대안을 만들어가고 있다.

하지만 민운기 기획자가 들려주는 스페이스 빔의 시작은 조촐했다. 그가 학교를 마치고 인천으로 돌아온 게 1995년이었다. 서울에서 생활하다 다시 인천을 바라보니 모든 것이 열악한 곳이더란다. 그래서 근본부터 따져보자, 우리 스스로 준비해서 인천만의 차별화된 문화를 만들어보자며 지역미술연구모임이라는 스터디 모임을 꾸렸다.

일주일에 한 번씩 공부하는 일을 2년 하다가 1997년부터 《시각》이라는 미술 전문 계간지를 만들었다. 각자가 가진 고민들을 공유하고자 하는 것이 목적이었다. 비평뿐 아니라 대안도 만들어야겠다며 전시 기획도 시작했다. '인천 포스트'라는 것이었는데 인천 소식, 미래, 기둥이라는 뜻을 담아 1년에 한 번씩 개최했다. 2002년 들어 상시적인 공간이 필요하다는 의견을 모아 구월동에 전시장 스페이스 빔을 만들었다. 그가 시작했던 지역 내 작은 스터디 모임이 지역 문화 예술의 대안으로 거듭나는 순간이었다.

전시장 스페이스 빔은 처음부터 단순히 작품을 전시하는 일반적인 갤러리로 만들어지지 않았다. 일반적인 갤러리는 전문 작가의 완성된 그림을 보여주지만, 이들은 미술 공간 운영의 다른 사례를 만들고 싶단다. 갤러리 이름을 '빔Beam'이라고 한 것도 일방적인 주장과 일반적인 미술을 보여주는 게 아니라 관계를 함께 만들어가고 서로 소통하며 과정과 결과를 보여줄 수 있는 공간으로 만들어보자는 취지에서다. 그렇게 공간과 활동으로 그 취지를 구체화했고 30여 평의 작은 공간을 전시 공간과 세미나, 아카이브, 교육 공간으로 꾸몄다.

스페이스 빔을 토대로 스페이스 빔 사람들은 다양한 활동을 전개해나갔다. 자체 기획전과 초대전을 열고, 젊은 작가들을 발굴하고 지원하는 한편 교육 프로그램도 진행했다. 계간지 《시각》도 계속 발간하고 '옥상영화제'라는 옥상을 이용한 영화제도 시작했다. 미술 교사들과 함께 모임을 가지면서 공동으로 교육 프로그램을 연구하고 개발했다. 그렇게 이어온 중간 성과물을 묶어 《시각문화 교육프로그램》이라는 대안 미술 교과서 형태의 책을 발간할 예정이라고 한다.

그러다가 2007년 여름 구월동에서 배다리마을로 자리를 옮겼다. 한창 시끄러운 배다리마을로 말이다. 이들이 배다리마을로 옮겨온 것을 그저 '이전'으로 해석할 수도 있겠다. 하지만 이면에 깔린 배경을 아는 사람들은 이를 지역 문화 예술계의 또 하나의 사건으로 본다. 그들의 행동은 배다리마을을 관통하는 산업도로를 뚫겠다는 인천시의 무분별한 개발 정책과 맞서 있기 때문이다.

인천시가 배다리 일대에 대한 역사적, 문화적 가치를 고려하지

1920년에 문을 열었다 사라진 인천양조장 공장과
새롭게 일어난 스페이스 빔이 동거 중이다.

않은 채 마을을 나누는 8차선 도로를 뚫기로 결정한 것에 대항하면서 지역 문화인들이 모였다. 그들의 움직임은 '배다리를 지키는 인천 시민의 모임'이라는 온라인 활동으로 이어졌다. 그들은 이곳의 가치를 지켜나가기로 결의했고, 그 가운데 스페이스 빔이 있다.

2007년 1월 중순쯤 민운기 기획자는 배다리 지역을 탐사하면서 배다리마을을 관통하는 산업도로가 건설 중인 사실을 알게 되었다. 멀쩡하게 잘 사는 동네를 갈라놓겠다니……. 누가 보아도 말이 안 되는 일이 벌어지고 있었다.

당시 그는 대내외에 그 현장을 알리는 퍼포먼스를 하고 배다리마을이 가지는 남다른 가치를 재조명해보면서 그 공간을 어떻게 활성화할 수 있을까 고민했다. 그러다가 인천양조장 건물을 발견하면서 고민을 구체화할 수 있는 공간을 만들어보자고 해서 이곳을 꾸미기 시작했다.

처음에는 보기 불편할 정도였는데 잘만 꾸미면 매력적인 공간이 될 거라 생각하고 우여곡절 끝에 주인에게 임대했다. 그리고 2007년 7월과 8월에 걸쳐 리모델링해서 9월 8일에 개관했다.

역사와 문화, 삶이 녹아 있는 동네

민운기 기획자가 말하는 배다리마을은 전형적인 서민 동네다. 19세기 후반 개화기에 일본조계, 청국조계 등 외국인 거주지의 확장으로 밀려난 사람들이 이 부근에 모여 살았고, 6·25 때 피난민이 대거 유입된 곳도 이곳이다. 여전히 건재한 헌책방 외에도 서민 문화를 알 수 있는 가게들이 이 일대에 많았다. 서민 지역이었지만, 선교사들이 들어오면서 근대 교육이 시작되기도 했다. 경인철도 기공식도 여기에서 열렸다. 1917년 인천 최초로 설립된 성냥 공장인 조선인촌회사가 있었던 곳도 여기다. 이곳에서 여성 노동운동이 활발하게 전개되기도 했다.

이렇게 인천의 중요한 이야기들이 배다리마을에 모였고, 아직도 남아 있다. 공간이나 도로도 불규칙적이고 굽어 있어 그런 상황이 주민들의 정서로 남아 있다.

그런데 인천시에서 인천경제자유구역을 조성하면서 송도 지구와 청라 지구를 연결하고 물류 흐름을 빠르게 하기 위해 이곳에 산업도로를 내려 한 것이다. 이 동네의 가치나 상황을 고려하지 않고, 그저 두 지역을 빨리 연결하기 위해 지도에 자를 대고 그은 것뿐이다. 자 대고 그은 것처럼 길이 나면 동네가 몽땅 고사되고 말 것이다. 그러고 나서 대형 빌딩을 지어 재개발하겠다는 것이 시청의 입장이다. 헌책방 골목에 고급 사무실이 들어오고 양조장 건물처럼 옛 정취를 알 수 있는 건물과 길들을 무너뜨려 높다란 빌딩을 세우고 반듯반듯한 도로를 깔면, 사람들의 삶의 질도 향상된다는 믿음은 도대체 어디에서 시작된 것일까?

도로를 낸다는 것도 조용히 진행되었다. 처음부터 반발을 예상하고 있었던 셈인데, 그러면서도 무시한 것이다. 주민들을 따로 만나서 보상 가격을 많이 쳐준다며 별도로 매입과 철거를 진행했다. 지난해 연말에야 주민 몇 명이 나서면서 알게 되었고, 바로 진정서를 냈지만 관심을 끌지는 못했다. 그러던 중 스페이스 빔이 마침 공공 미술 프로젝트의 일환으로 '인천도시문화탐사대'를 조직하여 이곳에 닷새를 머물면서 이 사실을 알게 되었고, 그 즉시 항의 퍼 포먼스와 함께 언론과 각 단체의 홈페이지에 이를 알렸다. 그렇게 해서 기자들이 찾아오고 ICN 인천방송이나 지역신문에 현안으로 알려지게 되었다.

이후 여러 단체와 활동가들이 모여 다양한 반대 활동을 진행하고 있다. 주민대책위원회가 만들어졌고, 시민 단체, 문화단체 활동가들이 참여해서 '배다리를 지키는 인천 시민의 모임'을 꾸려 산업도로 건설 무효화 운동을 벌이고 있다.

그 일환으로 배다리 문화제도 열고 있다. 배다리 문화제의 목적은 도로 무효화와 생태 복원이다. 운동의 경험이 없던 주민이나 운동을 해본 단체 사람들이나 모두 모여서 한목소리를 낸다. 처음에는 낯설어하며 부끄러워하던 주민들이 이제는 재미있어하며 주저 없이 마이크를 잡는다. 지금까지는 주민들의 이야기를 들을 수 있는 기회가 없었지만, 이 문화제를 통해 그들은 그동안 묻혀 있던 이야기들을 풀어낸다.

명품 마을 배다리에 산업도로는 절대 안 된다

산업도로 문제가 발생하면서 스페이스 빔뿐 아니라 '인천작가회의'도 사무실을 배다리마을로 옮겼다. 2007년에는 '퍼포먼스 반지하'도 아트 인 시티 사업을 이곳에서 벌였다. 지역신문에서는 일주일에 두세 건씩 관련 보도가 나왔고, 중앙 일간지는 물론, 공중파에서도 이 문제가 다루어졌다. 이러한 운동들이 계속 벌어지면서 결국 공사가 중단되었다. 관에서도 예상하지 못한 일이다. 주민들의 힘에 한 발 물러선 것이다.

하지만 그 계획이 전면 무효화된 것은 아니다. 아직 작은 기틀을 마련한 것에 불과하다. 하지만 이미 배다리마을 사람들은 산업도로 무효화 이후를 생각한다. 지금까지 해온 1단계 운동에 약간의 성과가 있다고 보지만, 동시에 자신들이 생각하는 배다리 지역의 대안을 만들어 공사 시행자와 관에게 주장하는 것이 필요하다고 생각한다. 그래서 '도시환경연대회의' 차원에서 포럼을 준비하고 있고, 배다리 문화제에서는 부안 항쟁 당시 주도적인 역할을 했던 고길섭 씨를 불러 이야기도 듣고 배다리마을의 미래를 그려보는 자리도 마련했다.

무효화가 되고 나면 이 지역의 미래에 대한 다양한 이야기가 나올 수 있을 것이다. 이때가 중요하다. 잘못하면 재개발이 이야기될 수 있을 것이다. 관에서는 도로를 내는 것을 조건으로 전통 도시를 만든다는 등 여러 제안을 한다. 어떻게 하든지 길을 내보자는 의도인 것 같은데, 스페이스 빔 사람들은 거리 중심, 관 중심이 되어서는 안 된다고 생각한다. 주민들이 서로 얽혀 사는 가운데 자연스럽게 만들어지는 도시, 동네가 되어야 한다는 것이다. 이러한 움직임은 배다리마을에서 시작되었지만, 인천시 전체, 대한민국 전체로 확산되어야 한다고 본다.

인천은 경제 자유 구역을 기초로 해서 2009년 '인천도시엑스포'를 열고 2012년 아시안게임을 개최한다는 그림을 그리고 있다. 그 일환으로 초고층 빌딩과 아파트 숲이 들어서는 그림을 보여주며 온 도시의 재개발을 강행하고 있는데, 그것이 과연 진정으로 주민을 위한 사업인지는 의문일 수밖에 없다. 정작 지역 주민들은 소외되고 또 다른 명품족을 위한 도시가 될 가능성이 큰 것이다.

민운기 기획자는 인천이 외치는 명품 도시는 초고층 빌딩이나 아파트의 문제가 아닌 '문화'의 문제라고 이야기한다. 인천시에서는 큰돈을 들여 오페라단 같은 것을 운영하면 문화 도시가 될 거라 생각하지만, 진정한 문화 도시란 주민들이 자기 역량을 발전시켜 나가면서 만들어지는 게 아니겠는가. 그의 말처럼 시립 미술관 하나 없는데 오페라하우스나 구겐하임 미술관이 이야기된다는 게 우습다. 하다못해 서울의 인사동과 같은 전통 거리 조성을 거론하기도 하는데, 몇 십 년 동안 자연스럽게 형성되는 거리를 수십 억을 들여 하루아침에 만들어내겠다는 것은 어불성설이다.

그런 생각을 가지고 있는 관이 그런 생각을 배다리마을에 그리고 인천 전체에 진행하고 있는 현실에서 주민들이 산업도로가 무효화된 이후를 설계하고, 이에 대한 대안을 고민하는 것은 당연한 일이다.

예술적 상상력으로 과거를 복원하고 미래를 꽃피운다

민운기 기획자는 인천의 현재 문제는 과거에서부터 시작되었다고 지적한다. 과거 개화와 산업화의 빠른 물결을 정면으로 맞으면서 인천의 제 모습을 잃어갔다는 것이다. 인천에 산업화의 모든 부산물이 담겨 있고, 주민들의 삶에 그 폐혜가 녹아 있다. 그 세월의 풍파를 고스란히 담고 있으니 인천을 잘 들여다보면 시대의 역사를 모두 확인할 수 있다. 거꾸로 생각하면 소중한 공간이기도 한 셈이다.

여기서 미술도 상상력을 꽃피울 수 있다. 문화탐사대가 인천의 도시 공간 열 군데를 탐사해본 결과 특정 시대의 거의 모든 모습이 자세히 담겨 있음을 확인할 수 있었다.

스페이스 빔은 지역을 중심으로 활동해왔다. 그런 차원에서 생각하면, 인천 문화는 인천 시민들이 스스로 만들어가야 한다. 대단한 예술가가 태어난다고 해서 그 지역이 문화 도시가 되는 것은 아니지 않은가. 그러니 관에 의한 일방적인 개발은 막아내야 하며, 관에서도 주민들을 시혜의 관점이 아니라 주체로 보고 그들 스스로 만들어나갈 수 있는 여지를 주어야 한다.

무조건적인 개발 중심의 사고방식은 안 된다는 게 스페이스 빔과 배다리마을을 지키는 인천 시민의 모임의 생각이지만, 그렇다고 해서 무조건 그대로 두자는 것은 아니다. 그럼에도 불구하고 안타깝게도 현재 너무나도 많은 것들이 망가졌고 남아 있는 것이 별로 없다. 대부분 재개발되었거나 재개발 예정이다. 지금이라도 남은 이 몇 곳을 보존해야 매력적인 도시로 남길 수 있지 않을까? 관광을 따지고 경제를 따지더라도 외국 사람들이 인천에 왔을 때 아파트나 빌딩을 보여줄 수는 없지 않은가. 인천만의 것을 보여주기 위해서라도 배다리마을 같은 곳을 남겨야 한다. 그래서 이들은 도시 공간의 변화에 민감하게 반응하면서 도시 전체에 관심을 가지고 개입하고 있고, 앞으로도 계속 그럴 생각이다.

문화에 대한, 삶의 질에 대한, 지역에 대한 고민 없이 이루어지고 있는 무차별적인 개발은 배다리마을을 비켜가지 않았다. 그렇

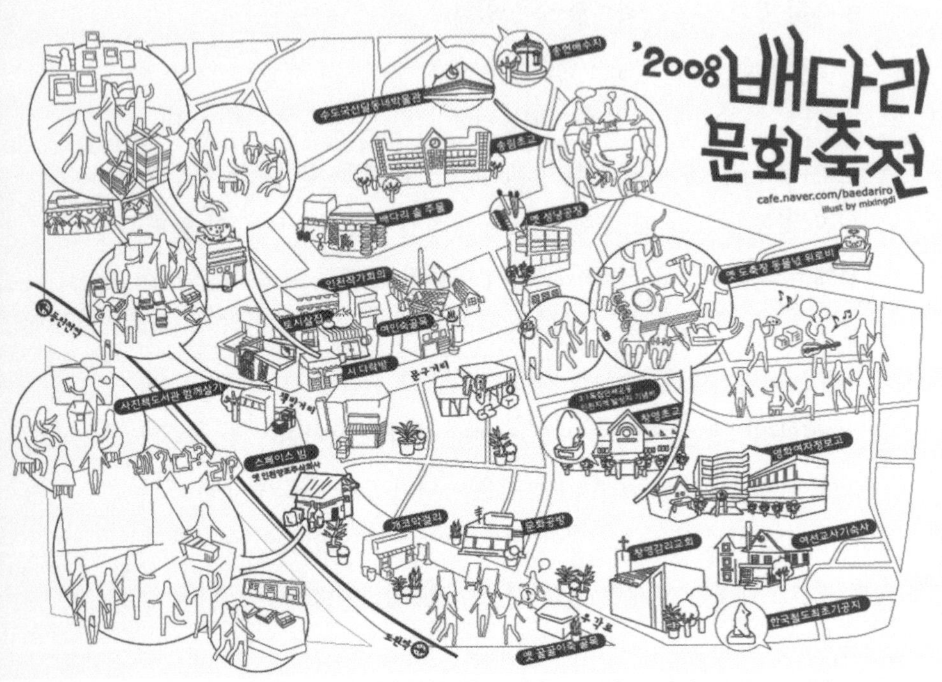

배다리마을 골목 여기저기에서 아기자기하게 배다리 문화 축제가 열렸다.

기에 지역에 대한 이해와 고민을 바탕으로 지역 문화 예술의 대안을 찾고 있는 문화 예술가들이 배다리마을로 간 것은 더욱 의미 있다.

스페이스 빔을 중심으로 한 지역 문화계가 작은 힘을 보태고 지역 주민들이 한데 뭉쳐 산업도로의 '공사 중지'를 이끌어냈지만, 최종 해결책은 아니다. 배다리마을을 넘어, 인천을 넘어 대한민국에서 가장 고민해야 할 문제는 바로 '건설'과 '개발'의 붐이다. 파헤치고, 밀고, 뚫고, 깎고, 헐어서 다시 높다랗게 만들고 반듯하게 만드는 도시가 더 나은 도시라는 생각은 대체 어떤 기준에서 나온 것일까.

한국적인 것을 이야기하고, 전통을 이야기하고, 5천 년 역사를 자랑스럽게 내밀면서 한편에서는 무차별적인 개발이 이루어지고 있는 한국의 현주소가 부끄럽다. 그래서 스페이스 빔과 배다리마을 사람들은 존재만으로도 우리에게 희망을 준다.

길게, 오래가는 장흥을 만듭니다

___ 전남 장흥 문화 공간 '오래된 숲'

"삶의 문화와 지역 문화를 소중히 여기며 창의적으로 만들어갑니다. 탐진강과 마을 공동체의 생태와 문화 그리고 역사를 기록하고 표현합니다. 옛집과 같은 자연과 문화의 행복한 만남을 꿈꿉니다." '장흥문화마당'은 이런 모토를 가지고 출범한 지역 문화단체다. 이들은 지역의 문화인들과 지역 주민들의 새로운 문화 공간인 '오래된 숲'을 운영하고 있다.

이들을 만나기 위해 장흥을 찾았다. 장흥으로 가는 길가의 손들이 아름다웠고, 해질녘의 윤곽은 그림 같았다. 황혼이 물들면서 더욱 아름다워졌다. 큰 도로를 지나 작은 길로 들어서니 개구리 울음소리가 합창이었다.

지역 주민들과 지역 문화인들의 문화 공간인 한옥 '오래된 숲'과 옛것 그대로의 자연, 점잖으면서도 경제 논리에 휩쓸리지 않는 당당함을 갖춘 사람들이 나를 기다리고 있었다.

'오래된 숲'의 지킴이 문충선 장흥문화마당 대표, 장흥환경연합의 김규탁·김권 공동의장, 천승룡 사무국장, 어린이도서관건립추진위원회 이창우 사무국장, 문충선 씨와 함께 장흥문화마당을 이끌고 있는 박형무 총무, 공공 미술 단체 'You Are Art'의 조연희 대표, 그리고 전교조 장흥지부장 김종명 교사. 모두 장흥에 사는 생활인인 동시에 장흥의 변화를 모색하기 위해 각자 그리고 함께 힘을 모으는 사람들이다. 이 시골 마을에서 이렇게 훌륭한 문제의식을 가지고 프로젝트를 이끌어가는 단체를 만나는 것은 마냥 즐겁고 행복한 일이다. 그 기분에 취해 날이 새도록 시간 가는 줄 모르고 대화를 즐겼다.

천승룡 사무국장이 그런다. 장흥은 전국에서 몇 번째로 낙후되었고 개발이 되지 않아도 느긋하다고. 길게 오래갈 것이니 걱정 없다고. 도시에 사는 사람들은 시골이 있어서 유지될 수 있는 자연에 대한 보상금을 농촌에 지불해야 한다고. 그 말이 상당히 설득력 있게 들렸다. 왜냐하면 나 역시 장흥에서 값진 휴식과 자연 그리고 사람들을 만나고 돌아올 수 있었으니까.

장흥문화마당은 2002년에 창립했다. 장흥댐을 지으면서 수몰민이 생겼는데, 수몰되기 직전 마을에서 진혼굿을 했다. 죽어가는, 사라지는 생명을 위해 그리고 사라지는 추억을 그들 스스로 위로하기 위해 벌인 행사였다. 그 행사를 치르면서 주민들이 참여하는 다양한 지역 문화 활동의 필요성이 부각되었고, 그래서 만들어진 것이 장흥문화마당이다.

장흥문화마당은 이어 2005년에 80년 동안 잠들어 있던 고가古家를 매입해 새로운 형태의 문화 공간 오래된 숲을 열었다. 문충선 대표가 어렵게 모은 1억 원을 쏟아 붓고 때마침 1억 원의 정부 지원을 받으면서 가능하게 된 일이다. 서울에서 어엿한 아파트 한 채도 구하기 어려운 그 돈이 지역에서는 그렇게 값지게 쓰였다.

오래된 숲에서 활동한 사람들은 전문 예술인이라기보다는 생업을 따로 가지고 있는 생활인에 가깝다. 하지만 생계와 상관없이 지역 문화에 관심 있는 사람들이 모여서 기존의 예술 장르 중심으로 지역 활동을 벌였다. 재생산이 끊기고 위기에 처한 농촌이 아직도 실낱같이 간직하고 있는 문화와 전통을 복원하고 회생시키고자 했던 것이다.

장흥문화마당은 장흥댐 건설로 물속으로 사라지는 마을들에 주목해 일을 벌였다. 이른바 '탐진강 마을 프로젝트'. 댐 건설로 수몰되는 마을을 중심으로 탐진강을 따라 형성된 영암, 장흥, 강진의 지역 활동가들이 팀을 이루어 탐진강과 마을 공동체의 역사와 문화를 기록하는 대장정이다.

고단한 농촌 생활을 이어가는 사람들, 댐으로 터전을 잃은 사람들의 얼굴과 삶의 자리를 사진과 영상, 그림으로 담아 마을 공동체의 이야기 지도를 그렸다. 이것들을 오래된 숲의 '곳간 전시관'에 전시해 사람들에게 자기 삶의 뿌리를 확인하고 삶의 상상력을 확장할 수 있는 계기를 제공하기도 했다.

1990년대 말부터 강 주변의 마을은 사람들이 떠나면서 해체되기 시작했다. 탐진강 프로젝트는 마을 해체가 가속화되었던 2005년부터 추진했다. 프로젝트의 내용은, 예컨대 송산마을을 택하면 화가

"아이들과 이 지역 미술가들이 함께 그린 겁니다.'
"마을의 상징 벽화로 손색이 없네요."
마을의 당산나무와 여럿의 마음이 담긴 벽화로 송산마을은 다시 태어났다.

는 당산나무를 그리고, 환경 운동가가 돌담이나 비석을 촬영하고 조사해 전시하는 것이다. 일종의 공공 미술 프로젝트라고 할 수 있다.

문화마당은 이와 더불어 지역인을 대상으로 한 장흥 문화 강좌도 펼쳤다. 지역 문화 담론과 생태, 지역 현안에 관한 토론이 오래된 숲에서 지속적으로 다루어졌다. 모든 것이 모인다는 서울에서도 쉽지 않은 일이 장흥에서 펼쳐지고 있었다.

지역의 문화 예술을 고민하며

15년째 고향인 장흥에서 문화 활동을 하며 공공 미술 단체 'You Are Art'를 이끌고 있는 조연희 대표는 느리지만 조금씩 나아지고 있는 지역 문화의 현실을 몸으로 느끼고 있다. 그가 이곳에 다시 돌아왔을 때 처음에는 공공 기관에 빨간색 그림을 그릴 수조차 없을 정도였다. 꽃을 그려도 빨간색을 못 썼으니 말 다했다. 그때는 싸워야 하던 시대였는데, 지금은 웃으며 이런 이야기를 할 수 있다. 적어도 색깔은 괜찮아졌다며 웃는다.

하지만 아직 관은 관이고, 민은 여전히 목마르다. 박형무 총무가 장흥문화예술회관을 이야기하면서 많은 아쉬움을 토로한다. 장흥문화예술회관은 499석이나 되는 대공연장, 40여 평의 그림 전시장, 연습실 등 일반인을 위한 교육 시설이 마련되어 있다.

박형무 총무가 대공연장이 왜 499석인 줄 아냐고 묻는다. 주저했더니 5백 석이 되면 전문 운영자가 있어야 해서 하나 모자라는

499석으로 했다고 한다. 전문가가 있으면 지역 주민을 위한 참여 광장이 활발해지지 않았을까 생각하지만, 지금은 그저 임대해주는 기능이 주이다. 게다가 공연장과 연습실을 쓰려면 일정한 대여료를 지불해야 하는데, 장기간의 리허설이 필요한 경우에는 문제가 더욱 크다.

보통 이런 문화시설이 지어지면 활동가들이 자동적으로 관여하게 된다. 그런데 관의 시설 담당자들의 마인드가 자신들과 너무 달라서 다들 가지 않으려고 한단다. 결국에는 뭐든 적당히 넘어가는 식으로 운영된다면서. 그래서 차라리 민간에 위탁해서 자율적으로 경영하고 다양하게 실험해볼 수 있도록 하는 게 낫지 않냐고 그가 제안한다.

그의 말에 고개가 절로 끄덕여진다. 관과 민의 신뢰가 구축되어야 할 문제이기도 하지만, 지역 문화로 파고들어가 지역 사람들 수준에 맞게, 지역 사람들이 원하는 형태의 다양한 문화 공연을 펼치려면 관보다는 민이 더 제격이다.

하지만 민간 위탁도 맡기는 데서 끝나는 게 아니다. 제대로 된 민간 위탁이 이루어져야 한다. 장흥문화예술회관에 들어가는 돈이 한 달에 천만 원이 넘는데 민간에 위탁하면서 수익을 창출하고 돈을 지불하라는 식이면 사실상 어렵다. 그런 식으로는 민간 위탁이 불가능하고 차라리 공동 프로그램을 진행하는 방식으로 하뇌 그 비용을 받는 것이 좋은 것 같다고 김권 장흥환경연합 의장이 덧붙인다.

문충선 대표 말대로 그보다 더 중요한 것은 위탁 기관 자체의 준비 능력과 역량이다. 스스로 역량이 성숙되지 않은 상태에서 위탁을 맡으면 그나마 있는 역량마저 소진될 우려가 크다. 있는 자원을 활용하지 못하고 민간 위탁으로 새로운 사업을 벌이는 것도 주의해야 할 것이다. 복지회관, 유림회관, 문예회관만 봐도 그렇다. 지어놓고 제대로 활용하지 못하고 있다. 낭비다. 거기서 펼쳐지는 공연도 서울에서 내려가는 게 대부분이고, 지역의 창작 공연은 많지 않은 형편이다. 지역 사람들을 중심으로 직접 준비하고 공연할 수 있도록 하는 세심함이 필요하다.

삶에 기반한 문화, 그게 진짜다

문화는 생활에 기반을 둔다. 아무리 창의적이라도 생활과 완전히 동떨어져 고고히 혼자 존재하는 건 살아 있는 문화가 아니다. 사람들의 삶에서 나와 사람들의 마음을 흔들고 그들과 함께 호흡해야 진짜 문화다. 문충선 대표 역시 지역의 생활 세계가 온몸, 온 삶을 통과해 독특한 문화로 형성되어야 진짜 지역 문화라고 말한다.

옛날 농촌에서 농악이나 풍물은 옛사람들의 생활에서 나온 하나의 표현 양식이었다. 이런 것이 바로 살아 있는 문화다. 현재의 문화 활동가들도 그런 것들을 발굴하고 발전시켜 지역사회의 원동력을 만들어내야 한다고 이창우 어린이도서관건립추진위원회 사무국장이 덧붙인다.

장흥문화마당도 그러한 것을 꾸준히 관찰하고 만들어내기 위해 애쓰고 있다. 하지만 생계에 대한 부담을 가지고 문화 활동을 해야 하니 실제로 닥친 일들을 제대로 하기 어려울 수밖에 없겠다는 생각이 들었다. 그래서 궁여지책으로라도 뭉쳐서 함께 해보자 하고 실제로 하고 있기도 하지만, 다들 상황이 비슷하니 쉽지만은 않다고 한다. 문화 쪽에서 희망을 이야기하자면 안정적인 인적 자원과 활동을 할 수 있는 조건이 만들어져야 한다. 또 지역의 문화시설들은 위에서 내려온 프로그램을 전달하는 기능만 할 것이 아니라 지역 문화를 생산하고 창조하며 이를 돕는 기능을 수행해야 한다.

매번 이런 이야기를 들을 때마다 드는 생각이지만 참 답답하다. 너무 당연한 원인과 결과다. 이를 관에서는 왜 모르는 걸까. 수백억 원을 들여 좋은 문화시설을 전국 각지에 짓는 게 전부가 아니라 그 안에 무엇을 채울 것인가가 더욱 중요하다는 것을 말이다.

대한민국은 전국 각 지역들로 구성된 하나의 퍼즐이다. 각 퍼즐 조각들이 똑같은 색일 때 그 퍼즐은 전혀 의미가 없다. 다른 색과 다른 무늬의 퍼즐 조각들이 만나 하나가 되어 완벽한 그림을 이룰 때 퍼즐은 비로소 의미를 갖게 되고 차별화된다.

그래도 당당함을 갖춘 이들의 활동은 계속되고 있을 뿐 아니라 하나의 문턱을 넘어서 더 큰 고민의 장으로 나아가고 있다. 처음에는 장흥민주단체협의회나 전교조, 농민회 등 이념적, 정치적 활동이 시민사회의 주류를 이루었다면, 이제 그 영역은 더욱 넓어졌으며 문제의식도 다양해졌다.

열세 개의 문화단체가 생겼고 주부들을 중심으로 한 문화 동아리도 있다. '어린이날 차 없는 거리 만들기' 등을 통해 어린이들도 시민사회의 한 영역으로 등장했다.

장흥의 단체들은 행사가 있을 때마다 모여서 머리를 맞대고 함께 일한다. 그러니 여러 각도로 검토하고 좀 더 깊은 문제의식을

'오래된 숲'은 늘 아이들로 넘쳐난다. 대청마루도 마당도 아이들 차지다.

"넉넉하고 유유히 흐르는 탐진강처럼
장흥의 미래도 그렇게 흘렀으면 좋겠습니다."
"장흥에 대한 마음, 장흥 문화에 대한 여러분의 애정으로
그렇게 넉넉하고 유유히 흐를 겁니다."

가지고 문제에 접근하게 되는 것이다. 이들은 미래에 대해서도 같이 고민하며, 이런 고민이 곧 지역 활성화로 연결되겠지 하고 희망을 품고 산다. 이들이 품고 있는 깊은 고민들, 지역에 대한 이들의 마음, 문화에 대한 이들의 애정이 장흥 지역을 남다른 곳으로 만들리라.

장흥의 밤은 깊고도 어두웠다. 그 깊고 어두운 밤, 꼬리에 꼬리를 무는 이들과의 이야기로 새벽까지 불을 끄지 못했다. 이른 아침에는 문충선 대표와 함께 탐진강을 한 바퀴 돌았다. 물은 넉넉히 흐르고, 하천은 아직 손대지 않아 자연스러운 굴곡을 이루고 있었다. 수풀도 그득히 강변을 따라 자라고 있었다. 장흥은 천천히 길게 흐르고 있었다.

4부
생로병사, 생사고락을 함께하는 곳

희망세상

옆집 아줌마, 앞집 아저씨가 만드는 '희망세상'
__부산 반송동 사람들

부산의 반송동은 꽤나 유명한 마을이다. 여러 신문이 앞다투어 이 마을을 소개했으며, 행정자치부와 국가균형발전위원회는 대한민국 지역 혁신 박람회를 통해 반송마을을 '살기 좋은 마을'의 대표적 사례로 발표하기도 했다. 2006년 3월에는 건설교통부가 추진하는 '살고 싶은 시범 마을'로 선정되었다.

하지만 반송동은 넉넉지 않은 마을이다. 집값도 높지 않고 임대 아파트들이 밀집해 있다. 그 넉넉지 않은 마을의 구석구석은 그보다 더 값진 넉넉한 인심과 사람들의 밝은 웃음소리가 가득 메운다. 그래서 반송동은 유명한 마을이 되었다.

반송마을의 저력은 높은 집값이나 대단위 공단이 아니라 반송동 주민들로 이루어진 마을 공동체 '희망세상'에 있다. 전국의 수많은 마을 가운데 하나에 불과했던 반송마을을 지역 주민들에게 희망을 안겨주고 다른 마을들과는 뚜렷이 구분되는 최고의 브랜드로 만들어낸 사람들을 찾아 부산에 갔다.

이들은 달랐다. 따뜻한 눈빛이 달랐고, 힘찬 말투가 달랐고, 경쾌한 행동이 달랐다. 희망세상의 다섯 평 남짓한 사무실에서 처음 이들을 만났는데, 그 사무실 역시 푸릇한 삶의 향으로 그득했다. 희망세상 전 회장인 고창권 해운대구 구의원과 김형도 회장, 김혜정 사무국장, 석연실 총무간사, 정화헌 '행복한 나눔가게' 팀장, 김태성 '좋은아버지모임' 기획홍보팀장, 김선미 운영위원, 이들이 그랬고, 그런 이 사람들이 이 마을을 생기 가득한 마을로 바꿨다.

반송마을은 지난 1960년대와 70년대 부산시 곳곳에서 철거된 판잣집 주민들이 단체로 이주한 마을이다. 그러니 지역 주민들 사이에 패배감과 소외감이 팽배한 것은 당연한 결과였다. 다들 돈 벌어서 이 마을을 뜨려는 꿈을 안고 살았다.

고창권 의원은 아홉 살 때 이곳으로 이사 왔다. 나중에 의대를 졸업하고 다시 돌아와 개업해 활동하면서 결심했다고 한다. 고향과 다름없는 이곳을 떠나고 싶은 마을이 아닌 살고 싶어 하는 마을로 바꾸기로 말이다. 곧 몇 사람이 의기투합했고, 1998년 희망세상의 전신인 '반송을 사랑하는 사람들의 모임'이 만들어졌다.

역설적이게도 다들 어려웠기에, 다들 이곳을 뜨고 싶어 했기에 그는 반송마을에 애정을 가질 수 있었다. 이 마을을 떠나고 싶다는 주민들의 바람 속에는 '왜 우리가 사는 마을은 이럴까', '우리 마을은 달라질 수 없을까' 하는 생각이 있었다. 그러니 계기만 있으면 마을에 대한 애정도 더 커질 수 있었던 것이다.

조금씩 달라지는 마을의 모습을 보면서 모임 사람들 모두 '아,

우리도 할 수 있구나' 하는 용기를 얻게 되었다. 모임의 활동도 점차 탄력을 받았다. 우선 다양한 소모임을 만들고 마을 신문을 발행하는 한편 여러 행사를 열어 주민들의 화합을 도왔다.

가장 먼저 조직된 소모임이 '함께 나눔반'이었는데, 노인들과 소년 소녀 가장들을 위해 밑반찬을 만들어주는 봉사 모임이었다. 반송마을에는 영세민 임대 아파트가 집중되어 있어서 3천 명이 넘는 장애인들이 거주하고 있다. 그러니 가장 필요한 일들을 지역 주민들이 먼저 찾아서 한 것이다.

아이들 교육을 위해 '자녀교육반'과 '영아반'도 만들고, 행복한 가정을 위해 좋은아버지모임도 만들었다. 주민들이 모두 볼 수 있고 함께 참여할 수 있는 벽화를 그리기도 했다. 어린이날에는 마을 아이들을 위해 어린이 잔치도 벌인다. 처음에는 주민들이 몇 만 원씩 십시일반으로 모은 적은 비용으로 치러내느라 힘들기도 했지만, 이제는 지역 주민 6만 명 가운데 만 명이 넘게 참여하는 마을의 큰 잔치로 자리 잡았다.

희망세상을 만드는 옆집 아줌마, 앞집 아저씨

'반송을 사랑하는 사람들의 모임'을 시작한 지 6년쯤 되던 해, 반송을 넘어 부산 전역으로 확대해보자는 의견이 나왔다. 운영진들 생각도 같았다. 좋은 모임들이 부산 전체로 확대되면 괜찮다고 판단하고 모임에 새 이름을 달았다. 그렇게 새로 만들어진 희망세상은 부산 전역으로 활동을 확장했다. 함께하는 지역이 넓어지고

반품도 안 된다, 교환도 안 된다, 물건 값 깎는 것도 안 된다, 비닐봉지도 안 된다, 물건 가격은
가격선정위원회에서 책정한다……. 깐깐한 '행복한 나눔가게 열 가지 운영 방침'이 참 미더웠다.

사람들이 많아진 만큼 희망세상 사람들의 활동 또한 더욱 다양해졌다. 행복한 나눔가게와 '느티나무 도서관'이 탄생하기도 했다.

행복한 나눔가게는 헌 물건을 기부받아 판매하는 재활용 가게로, 사람들이 상시적으로 활동하는 고리를 만들고자 설립한 곳이다. 수익금은 어린이 지원 사업에 쓰고 있다. 느티나무 도서관은 그저 책만 모아 꽂아둔 도서관이 아니다. 주부들로 구성된 도서 팀을 두어, 아이들에게 책을 읽어주거나 학습 여행을 함께하는 등 적극적인 활동을 벌인다.

특히나 느티나무 도서관은 반송마을 사람들의 마음과 정성으로 시작되고 완성되었다. 희망세상 사람들이 직접 뛰어다니며 설득 작업을 하고 돈을 모으기 시작했고, 아이들까지 거리 모금에 동참했다. 초등학생의 용돈에서부터 시장 상인의 쌈짓돈, 할머니의 연금, 소아 병원 의사의 진료비, 좋은아버지모임 회원들의 술값, 지역 유지들의 기부까지 한 푼 두 푼 따뜻한 돈이 모였다. 도서관 땅 주인은 시세보다 2천만 원 더 싸게 계약해주었고, 서금홍 건축설계사는 무료로 도서관을 설계해주었다. 느티나무 도서관은 만들 때와 마찬가지로 모금과 자원봉사로 운영된다.

이웃들이 이웃들에게 벌이는 행복한 마을을 만들기 위한 따뜻한 활동에 힘입어 희망세상의 회원도 늘어났다. 처음에는 회원 수도 적고 회비도 들쑥날쑥했는데, 2006년부터는 2백여 명의 회원들이 정기적으로 회비를 내고 있다. 많지 않은 숫자지만 결코 적지도 않다. 가족도 아니고 물질적인 보상도 없는데 누군가를 위해 돈을 낸다는 건 쉬운 일이 아니다. 그 덕에 상근하는 주부들에게 지원을 전혀 못했었는데 2년 전부터는 반찬값이라도 주고 있다고 한다.

사무국에는 사무국장을 포함해 상근자가 세 명 있었다. 모두 이 지역에 사는 주부들이었다. 열일곱 명의 운영위원들도 길거리에서 만나 편하게 인사를 나누는 지역 주민들이었다. 골목골목에서 러닝셔츠에 슬리퍼 차림으로 인사 나누던 옆집 아저씨, 앞집 아줌마, 뒷집 처녀 총각이 기적처럼 마을을 바꾼다. 그 일을 진행하는 회장이 전직 '빵집 아저씨'라는 김형도 회장의 말에 모두들 박장대소한다.

'빵집 아저씨' 김형도 회장의 말에 자부심이 묻어난다. 이유 있는 자부심이다. 실제로 지역에 뿌리를 내리고 살아가던 평범한 아줌마, 아저씨 들이 학습과 실천으로 지역 운동가가 되고 있다. 북한 핵문제는 어떻게 보아야 하는지, FTA는 무엇인지, 간부가 되려면 어떤 품성을 지녀야 하는지 등을 공부한다. 소모임이나 단체 운영은 어떻게 하는지, 지역 주민들을 어떻게 대해야 하는지 등도 배운다.

희망세상은 우리 아이들을 위한 것

희망세상 사람들은 주민자치위원회의 이름으로 '청소년선도자율방범단'을 운영하면서 마을 순찰을 도는 등의 활동을 벌이는데, 실제로 청소년 범죄율이 줄었다. '소년분류심사원'의 통계 자료에 따르면 입소 청소년이 절반으로 줄었다고 한다. 자기들도 믿기 힘들다는 표정이다. 다른 지역에서도 그런 방범단을 운영하겠지만, 자신들은 다른 활동과 아울러서 하니 받아들이는 쪽에서도 신뢰하는 것 같다고 말한다. 이런 수치적 변화와 더불어 반송마을을 다룬 언론의 보도들, 중앙정부에서의 다양한 지원책과 시범 마을로의

마을 곳곳 벽화를 자원봉사와 후원으로 그려내던 '반송을 사랑하는 사람들' 이
'희망세상'으로 이어져 부산 전역으로 활동 범위를 넓히며 그 길을 이어가고 있다.

선정 등은 지난 12년간의 이들의 성과를 말해주는 것이다.

교육인적자원부가 벌이는 '교육 복지 투자 우선 지역 지원 사업'
의 반송 지역 프로젝트의 조정을 맡고 있는 이승훈 씨는 정부의 지
원을 받아 반송 지역 학교를 새롭게 바꾸는 일을 하고 있다. 건물
을 짓거나 도로를 놓는 것보다는 아이들을 실질적으로 지원하려
하는데, 여기에 희망세상의 '희망의 사다리 운동'이 함께한다.

희망의 사다리 운동은 밥을 굶거나 공부를 할 수 없거나 사랑받
지 못하는 아이들이 없게 만드는 것이 목적이다. 가난은 나라도 구
제하지 못한다고 하는 마당에 모든 아이가 사랑받게 한다는 게 과
연 가능한 일인지 의문이 먼저 들지만, 그래도 희망세상은 할 수
있을 것 같다. 아니, 김형도 회장의 말에 확신이 든다.

그의 말처럼 쓸데없는 나무토막도 연결되면 훌륭한 사다리가 된
다. 사람과 사람이 만나고, 지역과 지역이 만나면 불가능한 일은
없을 것이다. 교육부의 지원은 5년이 지나면 끝나는데, 4년 차가
되었을 때 이들은 고민을 했다. 교육 복지 사업은 계속되어야 하지
않나. 그래서 이들은 희망의 사다리 운동을 생각하게 되었다.

우선 학교를 넘어서서 지역 교육 공동체를 만들려고 한다. 마을
전체가 하나의 학교, 마을 사람 모두가 교육자가 되는 것이다. 그
러면 복지정책과 교육정책을 하나로 묶어낼 수 있다.

또 이들은 교육부 사업으로 얻은 성과를 지속시키고 자생력을
기르기 위해 회원 체계를 별도로 운영한다. 단 몇 천 원이라도 내
는 회원들이 벌써 3백여 명으로 늘어났다. 정부의 예산은 경직성이
있지만, 기부나 회원제로 모인 돈은 가정에 얽힌 복잡한 문제 한가
운데 있는 아이들을 유동적으로 지원하는 데 효과적이다.

희망세상은 이렇게 지역사회를 바꿔나가고 있다. 따져보면 그전에 참여하는 사람들을 먼저 바꿔놓았다. 사람을 바꾸는 일. 진정성이 없다면 결코 이룰 수 없는 일이다.

평범한 주부였던 김선미 운영위원 역시 희망세상을 만들면서 많이 달라졌다. 풍물을 배웠고, 선거운동을 했고, 명함도 생겼다. 지금은 마을 신문의 편집부 일을 하는데, 사진도 찍고 글을 쓰기도 한다.

그녀는 희망세상을 두고 '나의 종교'라고 표현한다. 다른 사람들이 절을 찾아, 교회를 찾아 잘못을 반성하고 앞날의 각오를 다지는 일을 희망세상에서 하고 있다는 것이다. 그리고 일을 하면서 봉사가 무엇인지 알아간다고 한다. 작은 능력을 발휘할 수 있는 장이 자신 앞에 열려 있으니 모든 일에 감사한 마음이 절로 든다고도 한다.

희망세상에서 일하며 성장한 자신을 발견한다는 김선미 운영위원에게는 명함이 하나 있다. 그럴싸한 직책이 쓰인 그렇고 그런 명함이 아니다. "희망세상의 회원입니다"라는 자부심 넘치는 명함이다.

푸릇한 삶의 향으로 그득한 사무실을 나왔다. 마을 곳곳을 다니면서 그동안 해온 일들에 대해 들었다. 마을 주변은 주민들이 직접 만든 벽화로 갤러리가 따로 없었고, 아파트 뒤 작은 언덕은 나무와 야생화가 잘 가꾸어진 아이들의 학습장이었다. 그냥 스쳐 지나갈 만한 구석구석에도 함께한 값진 경험들이 자리하고 있었다.

희망세상의 활동 중 제일 중심은 아이들 교육이라는 느낌을 받았다. 마을 주민 모두가 공감하는 활동의 중심도 아이들에 대한 교육이었다. 다른 지역 운동의 동력 역시 바로 가족에게 있었듯이 말이다.

2003 주민자치센터 박람회
종합운영분야
최우수상
금천동 주민자치센터
주민자치센터 활성화를 위한 풀뿌리 네트워크

우리 아이들 공부는 우리가 시킨다

___ 충북 청주 금천동 마을장학회

마을 주민들이 십시일반으로 기금을 조성, 올해로 16년째 마을 학생들에게 장학금을 지급하는 마을장학회가 있다. 1991년 7월 뜻있는 주민 10여 명이 2천 390만 원의 기금을 모아 출범한 이 장학회는, 설립 다음 해인 1992년부터 지난해까지 기금의 이자를 이용해 성적이 우수한 73명의 마을 학생들에게 4천 165만 원의 장학금을 지급했다. 올해도 23일 오후 5시 금천동사무소 2층 회의실에서 열세 명의 학생들에게 520만 원의 장학금을 전달한다. 설립 첫해 2천 390만원이던 장학금도 참여하는 주민이 늘면서 1억 7천 3백만 원으로 늘었다. 주민 1가구 1계좌(천 원) 갖기 운동을 통해 장학 기금은 지금도 꾸준히 늘고 있다.

– 〈뉴시스〉, 2007년 2월 22일자

이 뉴스를 접하고, 자연스레 청주시 금천동으로 발길을 옮겼다. 마을 주민들이 18년 전부터 자진해서 장학금을 조성하고, 지금까지 꾸준히 장학금을 지급해오고 있다는 소식은 놀라움을 안겨주기에 충분했다. 하지만 놀라움은 거기서 그치지 않았다. 금천동을 찾아가고 나서야 이곳의 주민들이 하나의 공동체를 이루어 작지만 의미 있는 사업을 계속 벌여오고 있었다는 새로운 사실을 알게 되었기 때문이다.

청주시 변두리 장학회 사람들

금천동사무소에서 어윤만 주민자치위원장과 김종욱 금천동장이 반갑게 맞아주었다. 장학회 때문에 간 것이지만, 이분들과 여러 이야기를 나누는 와중에 금천동 사람들의 다른 활동에도 관심을 가지게 되었다. 작은 마을이지만 가난한 이들을 위해 지역 유지들이 앞장서서 만들고 마침내 주민 다수가 참여하게 된 작은 장학회, 조상들이 남겨준 공동의 토지를 기초로 한 주말 농장, 단순한 취미 활동을 넘어 취업으로까지 연결되고 이웃을 위해 패션쇼까지 벌이는 봉제학교……. 작지만 아름다운 지역의 몸짓들이다.

금천동에서 장학회가 꽃필 수 있었던 것은 청주시 변두리였던 이 지역에 가난하고 어려운 사람들이 많았기 때문이다. 지금이야 시가지 개선 사업, 택지 개발 등으로 많이 좋아졌지만, 처음 장학회를 시작할 당시에는 청주시 변두리에 위치한, 참 많이도 낙후되어 있던 곳이었다. 그런 이곳에서 가난하고 어려운 이들, 그리고 그네들의 아이들을 위해 처음 장학회를 시작한 사람들은 시의원과 지역 유지 10여 명이었다. 마을금고 이사장이었던 정호영 씨가 먼저 가난하고 어려운 사람들을 위해 인재 육성을 해보자며 장학 사업을 제안했다. 이들은 2천 3백여 만 원의 돈을 모아 처음 장학회를 시작했다.

변영수 시의원은 세비를 한 푼도 안 쓰고 장학회에 8백만 원을 기부하기도 했다. 변영수 시의원은, 지역 유지들이 선거 때 서로 경쟁하게 되면 갈등과 파벌이 생길 우려가 있다며 단일 후보로 내세운 사람이었다. 그래서 선거 비용을 쓰지 않았는데, 그 비용에 해당하는 금액을 장학회에 내놓은 것이다. 그것이 기폭제가 되어 사람들이 호응하기 시작했다.

17년을 한결같이 꼬깃꼬깃 한 푼 두 푼 후원금이 쏟아지다

처음 장학회는 주민 1가구 1계좌 운동을 벌였다. 당시 1계좌당 후원금은 10만 원이었는데, 아무래도 금액이 부담스러워 주민들이 모두 참여할 수는 없었다. 그래서 주민자치위원회에서 전 주민이 참여할 수 있도록 1계좌당 후원금을 천 원으로 내렸다. 호응이 좋았다. 1년 회비 천 원은 많은 주민들을 후원자로 끌어들일 수 있었고, 그 결과 7백 명 정도가 후원 계좌를 갖게 되었다.

장학회에서 후원금을 모으는 방법은 현금, 계좌 이체, '후원의 집' 등이 있다. 후원의 집은 장학 기금을 3억 원으로 늘리자는 목표를 세운 후 더 많이, 더 적극적으로 주민들이 참여할 수 있도록 개발한 방법이다. 2004년 5월부터 시작했는데, 가게를 운영하는 지역 주민 70여 명이 수익금의 1퍼센트를 후원금으로 내고 있다.

자신도 어려우면서 장학회를 위해 선뜻 돈을 내놓는 후원자들도 많다. 매달 3만 원씩 어렵게 번 돈을 내주는 포장마차 상인들, 한 달에 3만 원에서 5만 원씩 인쇄물 스티커 작업으로 번 돈을 후원해 주는 경로당 어르신들……. 돈 있는 사람들은 후원에 인색한데, 도움을 받아야 할 사람들은 오히려 기부를 많이 하거나 꾸준히 후원하고 있다. 장학회 입장에서는 민망할 때도 많다고 한다.

후원금은 주민자치위원회에서 운영한다. 장학금 수혜자를 선발할 때 모집 공고를 하는 등 동사무소 사무관도 운영에 도움을 주고 있다. 금천동 장학회는 전적으로 자원 활동으로 운영되고 있는 것이다.

한 푼 두 푼 모이는 후원금은 계속 기금으로 들어가고, 기금에서 나오는 이자 수익으로 장학금을 주고 있다. 그 기금이 2007년 4월에는 1억 5천만 원 정도였다고 하는데, 지금은 더 많을 것이다. 그렇게 지급하는 돈이 학생 1인당 40만 원씩, 매년 5백만 원 정도 된다.

18년 넘게 계속 기금을 모으고, 꾸준히 장학금을 지급했다는 말을 듣고 내심 놀랐다. 투명한 운영이 아니었으면, 그리고 주민들의 참여와 정성이 아니었으면 이렇게 오랜 기간 동안 운영될 수 없었을 터이다. 어려운 처지의 학생들에게 힘을 주기 위해 주민들은 그렇게 오랜 기간 동안 '작은 돈'을 모았고, 그 돈으로 '많은 아이들'에게 힘을 주었다.

작은 돈이지만 금천동 장학금은 주민들의 소박한 마음과 정성이 담긴 것이다. 그것을 받은 학생들은 주민들에 대한 고마움 때문에라도 자연히 더욱 열심히 공부하게 될 것이다.

작은 돈이지만 학생들에게 힘이 되어 원하는 대학도 가고 사회에 나가 훌륭한 일도 하게 될 것이라고, 장학금 수혜자 중에서 아직까지 장학 기금에 후원하는 사람은 없지만 다른 지역에서 다른 삶을 살더라도 좋은 일을 많이 했으면 좋겠다고 말하는 주민들이 참 고맙다. 연세대 치의예대에 입학한 학생이 있는데, 자기도 의사가 되면 어려운 사람들을 돕겠다고 해서 참 뿌듯했다고 한다.

장학금은 어려운 학생들에게 힘을 주기도 하지만 지역공동체를 공고히 하는 효과도 있다. 이웃이 마련해주는 장학금을 받으면 이웃에 대해 감사하게 되고, 그러면서 지역민들 사이에 서로 정이 들게 되는 것이다.

금천동 장학회는 앞으로 할 일이 참 많다. 우선 성적이 좋은 학생들에게만 지급하는 장학금 수여 범위를 넓힐 예정이다. 공부 외에 특기가 있는 아이들에게도 장학금을 지급하기 위해 정관이나 내규를 개정할 계획도 갖고 있다. 그리고 3억 원의 기금이 모이면 재단을 만들 계획이다. 이런 계획을 차근차근 진행시키기 위해서는 우선 장학금이 좀 더 모여야 한다.

금천동 장학회는 모든 주민을 대상으로 참여를 확대시킬 생각이다. 회원 배가 운동을 하는 것이다. 종친회나 동창회의 장학회처럼 공동체 의식이 강한 경우라면 장학금 모으기가 한결 수월하겠지만, 지역공동체에서는 쉽지 않은 일이다. 그래서 이들은 지역 행사 때마다 어떻게 하면 모금을 더 할 수 있을지 고민하고 있다. 모금 행사는 지역 주민들 간 대화의 장이 될 수도 있고, 지역 발전을 위한 토론의 기회도 될 수 있을 것이다.

주민자치위원회는 장학 기금을 마련하기 위해 마을 소유의 땅을 활용하여 주말 농장도 운영하고 있다. 480평 정도 되는 농장의 땅은 백 년 전부터 지금까지 쇠내개울(금천동) 마을 소유로 관리해왔다. 주말 농장은 마흔 가구에게 10평 정도, 세대당 3만 5천 원씩을 받고 분양했다.

이곳은 도심 속 주말 농장으로서 큰 의미가 있다. 아무래도 주말 농장이 집과 가까우니 아침저녁으로 애착을 가지고 오갈 수 있다. 분양 비용이 조금 비싸긴 하지만, 분양받은 사람들은 기꺼이 주말 농장에서 땀을 흘린다. 몇 가구 안 되니 주말 농장 이웃끼리 정을 나누며 농사를 지을 수도 있다.

주말 농장 운영 경비를 제외하고 남은 수익금은 장학 기금으로 쓰인다. 주민들도 3만 5천 원씩 내는 돈이 개인의 호주머니로 들어가는 것이 아니라 불우 이웃과 가난한 아이들을 도울 수 있다는 데 자부심을 가진다.

금천동에는 장학회뿐만 아니라 전국 유일의 봉제 교실도 있다. 취미로 배우다가 끝내는 게 아니라 취업까지 목표로 한다. '실사구시'의 학습이다. 헌 옷을 수선하고 새 옷을 만든다. 봉제 교실은 주민들에게 많은 호응을 얻었다. 봉제 교실에서 배우는 것이 재봉 기술에 불과하지만, 작게는 양장점을 열고 크게는 직접 옷을 만들어 패션쇼도 했다.

장학회와 주말 농장 그리고 봉제 교실. 모두 그다지 큰 사업이 아니다. 하지만 금천동이라는 작은 마을에서 이런 사업은 서로에게 도움을 주고 서로를 결속시키는 기폭제가 되었다. 그리고 이런 작은 사업들이 높은 평가를 받아 2003년 전국주민자치센터 박람회에서 최우수상을 받았고, 그 후 전국의 지방자치단체에서 금천동으로 견학을 오기도 했다.

그러나 그런 상보다 더 큰 것은 금천동 그 자체이다. 주민들의 땀이 깃든 노력과 결과로 만들어지고 아직껏 유지되고 있는 금천동이라는 공동체 그 자체이다. 이 안에서 금천동 주민들은 서로를 도와가며, 서로에게 어깨를 기대고 그렇게 오순도순 작지만 소중한 공동체의 삶을 살고 있다.

장애아동 부모교육
2008 홀로서는
엄마학교
주최 : 생명나눔재단 CJ CableNet
주관 : 가야대학교 운영
김해시장애인종합복지관

생명을 살리는 작은 손들

한 어린 생명을 살리고 싶었단다. 돌도 채 지나지 않은 아이가 까만 눈을 들어 쳐다보는데, 그 눈동자가 계속 가슴에 남더란다. 손에 쥐이지도 않는 작은 손을 앞으로 건네는 그 아이를 외면할 수가 없더란다. 그래서 시작됐단다. 김해 '생명나눔재단'은.

내가 가야포럼의 사무국을 맡고 있을 때 생명나눔재단과 연결이 되어 아무것도 없는 데서 하나씩 일구어가는 생명나눔재단 사람들을 보았다. 지역의 사회복지재단이라는 힘든 조건에서도 여전히 처음 그 마음에서 변한 것 하나 없이 일하는 그 사람들을 찾았다.

'유노동 무임금'의 임철진 사무총장과 적은 월급으로 때로는 사회복지사가 되었다가 때로는 영업 사원이 되기도 하는 김예영 간사. 이들이 이끄는 생명나눔재단의 사무실이 참 단출하다. 한 겨울 찬 기운이 사무실 안에 머물고 있었지만 이들의 열정적인 눈빛과 뜨거운 마음은 이 기운을 녹이고도 남았다.

생명나눔재단의 역사는 별로 오래되지 않았다. 지난 2004년 7월 생명나눔재단 준비위원회를 만들었고, 소아암 환자였던 한 아이를 지원하려는 게 목적이었다. 2000년부터 대책위원들이 일이 있을 때마다 조금씩 도와주기는 했지만, 조금 더 체계적으로 지원할 필요를 느꼈었다. 그래서 의사, 시민운동가, 민주노총 사람들, 전교조 김해지회 지회장 등 지역 내 다양한 사람들이 모였고, 재단 하나가 만들어졌다.

탄생사는 임철진 사무총장의 짧은 말로 요약되지만, 그 이후 생명나눔재단이 해온 일들은 두꺼운 책 네댓 권은 가득 채우고도 남는다. 2006년 상반기에 벌인 일들만 봐도 입이 벌어진다.

01.02. 민철아! 힘차게 다시 뛰자! – 민철이 지키기 모금 운동 돌입

01.10. 창호 돕기 성금 전달(5천만 원)

01.13. 민철아! 힘차게 다시 뛰자! – 민철이 지키기 하루 찻집 및 주점

01.23. 경남 지역 독거 장애 노인 적외선 건강 매트 3백 매 전달

02.06. 민철이 돕기 희망 성금 전달(88,175,271원)

02.13. CBS 라디오 ‘Good News’ 민철이 돕기 방송

02.23. KBS 부산 휴먼 다큐 “현장기록21” 재단 활동 방송

03.02. “엄마, 아파서 미안해요” 영설이 지키기 공동 캠페인

03.24. 이영설 군 치료비 마련을 위한 합성동 주민 하루 찻집 및 주점

04.06. 이영설 군 치료비 전달(70,459,611원)

05.05. 제84회 어린이날 행사 참여(아이스크림 2만 7천 개 배분)

05.08. 노성현 군 치료비 전달(천 5백만 원), 윤재근 군 치료비 전달(천
      만 원), 이소이 양 치료비 전달(천만 원), 이정문 군 치료비 전달
      (천만 원), 진준영 군 치료비 전달(천만 원), 한호동 군 치료비 전
      달(천만 원)

05.10. "사랑한다 딸들아 내 딸들아" 베체트 모녀 가족 지키기 캠페인
      시작

05.22. 나눔 양말 김해, 진주 지역 복지관 전달(천 켤레)

05.26. 김해 지역 55개 초등학교 및 장애 아동들에게 붉은악마 티셔츠
      배분(2만 2350벌)

한국에서 재단이 성공하기는 참 어렵다. 재단이라는 이름이 듣
기 흔해진 것만큼 많은 재단이 활발히 활동하며 성공을 거두는 것
처럼 보이지만 말이다. 사실상 우리나라에는 기부를 통해 비교적
쉽게 재정 문제를 해결하는 기업 재단이나 중앙정부, 지방정부 또
는 공공서비스 전달을 목적으로 하는 준민영화 수단으로서의 재단
등이 대부분이다.

생명나눔재단과 같이 경제적으로 열악한 지방에서, 정부의 지원
없이, 특정 기업의 재단도 아니면서 일반 시민들을 대상으로 한 모
금에 기대어 재단을 운영하기는 약간의 과장을 보태 하늘의 별 따
기만큼이나 어렵다. 한국은 그만큼 기부 문화에 낯설고 기부에 어
색하다. 특히 치료 지원 모금은 사람과 돈이 모인다는 서울에서도
불가능한 것으로 취급되기 일쑤이기에 작은 소도시인 김해에서 생
명나눔재단이 싹을 틔우고 꽃을 피웠다는 것 자체가 놀라운 일이다.

사회복지법인 등록부터 사실 쉬운 일이 아니다. 생명나눔재단도

하루 찻집과 주점, 음악회, 거리 모금과 캠페인, 복지박람회, 빈곤아동체험, 홀로 서는 엄마학교……,
국가의 복지 영역 밖에서 생명나눔재단은 이렇게도 다양한 사회복지 지원 활동을 벌이고 있었다.

2004년에 시작했지만, 한 해를 더 보내고 다음 해 12월에야 법인 등록을 할 수 있었다. 등록을 하려니 2억 원이 필요했다고 한다. 지금도 이들에겐 엄청나게 큰돈이다. 열심히 모금도 하고 캠페인도 벌였는데, 모인 돈이 거기에서 6천만 원이 모자랐단다. 하지만 이들의 성의에 감복을 했는지 경남도청에서 인가를 해주었다. 지원 법인으로서 생명나눔재단은 경상남도에서 유일하다.

모금에 사활을 걸다

시작부터 쉽지 않았다. 하지만 생명나눔재단은 빈곤 아동, 장애 아동, 독거 장애 노인 등 소외 계층을 상대로 꾸준히, 또 열정적으로 지원 활동을 펼치고 있다. 그중에서도 의료 지원, 특히 소아 난치 환자 지원에 주력하고 있다. 대다수 소아 난치 환자의 경우 의료비 부족을 겪는 일이 많기 때문에 의료비 지원에 신경 쓰고 있다. 그 밖에도 장애 노인에게는 보청기와 의료용 찜질기를 지원하며, 빈곤 아동에게는 교육 지원도 한다.

2008년 7월에는 뇌병변 장애 아동의 조기 치료 교육 지침서《우리 아이 어떻게 치료해요?》3천 권을 특수학급이 있는 초등학교와 중학교, 특수학교, 도내 장애인 복지관, 지방자치단체에 배포했다. 뇌병변 장애 아동들의 부모를 위한 교육 사업인 '홀로 서는 엄마학교'의 강의와 프로그램을 바탕으로 만든 것이다. 생명나눔재단은 자료집 배포뿐만 아니라 홀로 서는 엄마학교를 통해 장애 아동과 부모가 함께 교육과 치료를 받을 수 있도록 돕고 있다.

국가의 복지 영역 밖에서 다양한 사회복지 지원 활동을 벌이고 있는 생명나눔재단. 법인 등록 때도 자본금 마련에 애를 먹었는데, 정부의 지원 없이 지역에서 이렇게 다양한 사회복지 지원 사업을 한다는 게 쉬운 일은 아닐 터다. 생명나눔재단이 재단의 근본이기도 한 모금 활동에 사활을 거는 것도 그 이유 때문이다.

2004년부터 3년간 지원한 금액이 15억 원이다. 최근에는 모금액이 늘어 연간 10억 원 정도를 모금한다. 이들은 모금을 위해서라면 할 수 있는 건 다한다. 지역 방송을 통해 홍보를 호소하기도 하고 하루 찻집, 주점, 거리 모금 등을 산발적으로 진행하기도 한다. 지역에 있는 봉사 단체, 관변 단체, 시민 단체, 소비자 단체가 한꺼번에 연대하기도 하고, 하루 찻집이나 주점을 통해 2천만 원에서 3천만 원씩 모금하기도 한다.

2006년에는 뇌종양 환자였던 장동인 군에 대한 지원 사업에 1억 5천만 원의 성금이 모이기도 했다. 법인 등록을 할 때 1억 4천만 원을 힘들게 모았던 걸 생각하면 굉장한 액수다. 이러한 1회 행사성 성금과 더불어 매달 회원들이 내는 회비도 2백여 만 원이 된다. 3천 원부터 시작해서 10만 원까지 회비의 액수도 다양하다.

지역 주민들이 모으고 지역 주민들이 나누고

다른 재단도 그렇지만 특히 생명나눔재단은 성금을 내는 지역 주민들이 주인이다. 모금 활동을 통한 성과도 당연히 지역 주민들의 몫이다. 생명나눔재단은 주최하고 조정할 뿐 결국 어려운 이들을 돕는 건 바로 지역 주민들인 것이다. 지역 주민들이 모두 알고 참여할 수 있도록 열심히 캠페인을 펼치고 있기도 하지만, 그런 캠페인에 이렇게 멋진 호응을 보여주는 주민들이 없다면 생명나눔재단은 존재하는 것 자체가 불가능할 것이다.

김예영 간사는 생명나눔재단에서 일하면서 사람이 얼마나 아름다운지, 그리고 사람의 힘이 얼마나 큰지 새삼 느끼고 배우고 있다고 한다. 모금함을 들고 시장통에 다니면 한 시간에 백만 원가량이 모금되어 돌아오고, 대형 마트 앞에 모금함을 두면 일주일에 천만 원이 모일 때도 있다. 지금은 온라인 모금이 크게 늘어서 전체 모금액의 절반이나 차지한다고 한다.

지난 2005년에는 전신 95퍼센트의 화상을 입은 해외 동포 채련아 어린이의 귀국 치료를 지원했다. 련아는 서울의 '비전호프'라는 화상 환자를 돕는 단체의 초청을 받아 한국으로 와서 치료를 받게 되었는데, 치료 비용이 너무 많이 들어 생명나눔재단이 함께했다.

놀랍게도 대부분의 치료비를 여기 김해에서 모금으로 마련했다. 김해를 넘어, 서울과 국내를 넘어 이어지는 생명나눔재단의 활동을 설명하는 김예영 간사의 얼굴에 미소가 핀다. 그러한 보람이 이들을 이 작은 사무실에 붙들어 매고 있는 건지도 모른다.

하지만 그 보람이 때론 이들의 발목을 잡기도 한다. 김예영 간사는 도와주고 싶은데 다 못 해주는 게 가장 힘들다고 한다. 부모의 슬픔에 비하겠냐마는 지원하는 아이가 사망할 때는 그보다 몇 배는 더 힘들다고 한다. 그럴 때는 도와줄 수 있어서 행복했던 다른 아이들의 얼굴이 아니라 그 아이의 얼굴만 계속 떠오른단다.

지원해야 할 일들, 도와주어야 할 사람들이 많아지면서 다양한 방식을 통한 모금 활동으로 지원 금액이 늘어나고 있다. 그 돈은 사무실 운영비가 아닌 순수하게 일과 사람들을 돕는 데에만 쓰인다. 그러다 보니 상근자는 임철진 사무총장과 김예영 간사 둘뿐이다. 사무실은 건물 주인의 공간 기부로 공짜로 사용하고 있고, 임철진 사무총장은 월급조차 없다.

임철진 사무총장은 아내에게 신세를 지고 있다며 미안함 반, 고마움 반인 듯한 표정이다. 대학생 시절에 영남위원회 사건으로 감옥도 가고 그 후에도 노동운동을 해서 월급 받지 않는 것에 나름대로 익숙하다고 할 수 있단다. 경제적 기준만이 세상 사는 기준은 아니지 않은가. 생명나눔재단 일을 하면서 많은 사람들, 그것도 월급보다 더 좋은 사람들을 만나는데, 그게 바로 자신의 공적 재산이 아닌가 싶다고 한다.

어려움은 무시하고 앞으로 간다

생명나눔재단은 후원회 조직에 주력하고 있다. 특히 기업들로부터 모금할 프로그램을 만드는데, 거기서 지속적으로 기금을 만들 수 있지 않을까 하는 생각에서다. 또 빈곤 아동을 위한 전문 교사 파견 사업도 준비하고 있다.

임철진 사무총장과 김예영 간사는 지원을 원하는 사람은 많은데 다 지원하지 못하게 될까봐 걱정이다. 김해 주민들만을 대상으로 지원 사업을 했는데, 다른 지역에서도 연락이 많이 온다. 동네 일을 해결해보려고 시작했는데 일이 많이 커진 것이다. 온 길보다 갈 길이 훨씬 더 멀다.

하지만 임철진 사무총장은 워낙 어렵게 시작해서 힘들 것도 없단다. 2006년 10월에 이들은 장애 아동을 위한 수호천사 운동을 하면서 특수교육을 받는 특수학급의 교구와 화장실 등에 대한 실태 조사를 했었다. 특수학급은 있는데 장애 아동들을 위한 화장실은 없는 곳이 많았다. 그래서 그런 곳에 화장실을 만들어주자는 운동을 벌였다. 김해 지역의 여덟 군데 장애인 화장실을 개보수하는 일을 했다. 휠체어가 들어가고, 비데를 놓았다. 그 일에 모두 6천만 원이 들어갔는데, 그 돈을 마련하기 위해 피가 말랐다고 한다. 장애인에 대한 인식이 약하기 때문인지 일이 유독 힘들었다고도 한다. 하지만 워낙 아무것도 없이 재단을 시작해서 그런 것들이 힘든 줄도 모르겠다고 한다.

'아름다운재단'을 운영하면서 그 어려움을 어느 정도는 알고 있었다. 하지만 나는 사람과 돈이 모이는 서울에서, 여러 사람과 단체와 기업의 도움을 받아가면서 재단 활동을 조금은 덜 어렵게 할 수 있었다. 그런 걸 생각하면 김해라는 소도시에서 일상에 밀접한 숱한 일들과 당장 어린 생명을 살리는 일을 펼쳐나가는 생명나눔 재단, 그리고 이들에게 오늘도 도움의 손길을 베푸는 작은 손들이 귀하다. 고맙게도 아직 세상은 살 만하다.

새 봄, 새 희망이 시작된다
2007년 천안KYC 정기총회
일시 : 2월 27일 오

마을 곳곳에서 정치 참여까지 주민들의 운동은 끝이 없어라

___충남 천안 한국청년연합회

천안 KYC는 시민들의 자발적인 참여를 통한 자원 활동으로 지역의 민주주의를 실현하고, 조국의 평화통일을 위해 노력하는 젊은 시민 단체입니다. 1990년부터 '천안사랑민주청년회' 활동으로 출발하여 청년들의 사회적 성장을 이루며 사회 개혁과 시민 공동체를 만들어가는 등 오랜 전통을 가지고 있습니다. 회원들의 참여를 기반으로 생활의 작은 부분부터 변화를 만들어가는 21세기 시민들의 큰 희망으로 자리매김할 것입니다.

'한국청년연합회(KYC : Korean Youth Corps)' 천안 지부 홈페이지에 실린 천안 KYC의 소개 글이다. 1999년 설립된 '천안 KYC'는 1990년 설립된 천안사랑민주청년회에서 출발했다. 천안사랑민주청년회는 학생운동을 했던 사람들이 지역 청년운동을 고민하면서 모인 조직이다. 학생 운동권 출신 청년들과 지역 청년들이 모여 지역 민주주의와 통일 문제 등을 논의하면서 활동을 시작했다.

이들은 지역 청년들과의 결합을 강화하기 위해 컴맹탈출반, 산

악반, 역사기행반, 풍물반 등의 동아리 활동을 했고, 1999년에 비슷한 전국의 청년회 등이 합심해 '한국청년단체연합(한청)' 총회를 거쳐 지역 시민운동을 지향하는 '한국청년연합회'를 창립했다. 1990년대에서 2000년대로 넘어오면서 학생운동에서 재야 운동으로, 그리고 지역 시민운동으로 진화해온 것이다.

지역이 잘되려면 주민들 간의 교류와 소통이 무엇보다 중요하다. 또 중요한 만큼 어렵기도 하다. 지역 주민운동은 주민들 간 교류의 기회와 소통의 장을 만든다. 그것에서부터 일상을 바꾸고 지역 정치의 장으로까지 나아갈 수 있다. 지역 KYC 주민운동 현장 가운데서도 가장 으뜸으로 꼽는 천안의 KYC 사람들을 만났다.

천안시 보호수 느티나무를 살려라

천안 KYC는 1999년 창립 첫해에 IMF 위기 속에서 실직자들을 실질적으로 돕고 시민들과 함께 호흡하기 위해 '희망 카드' 사업을 대대적으로 전개했다. 지역 업체들이 참여해 실업자들이 서비스나 상품 구매 시 저렴하게 이용할 수 있도록 네트워크를 만들었는데, 업체들의 호응도 예상을 뛰어넘었고 이를 이용하는 실직자들과 저소득층도 큰 호응을 보여수었다.

'좋은 친구 만들기'는 지금까지 계속해오고 있는 운동이다. 청년 자원 활동가와 청소년이 일대일로 결연을 맺어 활동가에게는 보람과 만족을, 청소년에게는 동기와 목표 의식을 얻을 수 있도록 하는 것이다. 그 운동을 벌이면서 비행 청소년들의 멘토링 사업에도 심혈을 기울이고 있다. 무엇보다도 지역 운동, 주민운동의 맛을 제대로 본 것은 아파트 주민들과 '느티나무 살리기' 운동을 시작하면서부터이다.

장기수 전 천안 KYC 대표가 살고 있던 주공 아파트에는 천안시 보호수인 3백 년 된 느티나무가 있었다. 하지만 보호수인데도 불구하고 죽어가고 있었다. 그 책임을 놓고 천안시와 주택공사가 서로 공방을 벌이고 있었다. 우연찮게도 시민운동을 하는 사람들이 그 아파트에 여럿 살고 있었는데, 그 느티나무를 살리기 위해 움직이기 시작했다. 열 가족이 모여 '느티나무동네사람들'이라는 단체를 만들어 천안시 홈페이지에 항의 글을 남겼고, 항의 서한을 보내기도 했다. 그리고 '느티나무 아래 작은 음악회'를 열어 그 운동을 알렸다.

그런데 음악회가 생각보다 호응이 좋았다. 음악회에 천여 명이 모인 것이다. 천안시와 주택공사도 놀랐다. 그 후 주택공사가 5천만 원을 기금으로 내놓고, 배수 공사를 다시 하고, 나무 병원에 위임해 느티나무를 살려보려고 애썼다.

하지만 안타깝게도 나무는 죽고 말았는데, 그 나무 살리기 운동을 기화로 주민운동이 살아났다. 느티나무를 보내는 위령제도 지냈다. 그 자리에 많은 주민들이 모였고, 느티나무 살리기 운동의 연장으로 화재가 난 뒷산에 동네 나무 심기 운동을 벌이기도 했다. 이를 통해 천안 KYC는 제대로 된 주민운동을 시작할 수 있었다.

느티나무 살리기 운동을 계기로 천안 KYC는 새로운 주민운동을 모색했다. 그 일환으로 '아파트 영화제'를 열었다. 아이들 여름방학 때 저녁 시간에 야외 공간에서 함께 영화를 보는 것이었는데, 단순히 영화를 트는 데 그치는 것이 아니라 그 지역의 역량을 모아내고자 했다. 한의사를 초청해서 무료 진료도 하고, 취미 활동으로 풍선 아트를 하는 주민들을 섭외해 직접 참여하게 했다.

아파트 영화제를 진행하면서 주민들이 직접 참여하고 주민들만으로 판을 만들어 주민들 스스로 소통의 기회를 마련하게 했다. 아파트 영화제는 호응이 좋아 다른 10여 군데 아파트에서도 추진했다. 문화에서 소외된 시민들에게 문화에 대한 관심을 불러일으킬 수 있었기에 더욱 의미가 깊었다.

주민운동은 자생적인 주민들의 모임과 연대했을 때 더 효과가 좋았다. 천안 KYC는 각 아파트에 형성되어 있는 부녀회나 입주자회의를 대상으로 활동도 했다. 아파트 분쟁 해결이나 어린이 방학 프로그램에 대한 조언이나 섭외, 부녀회 운영을 위한 교육 등이 그것이다.

주민들의 욕구는 생각보다 컸다. 자기 마을, 자기 아파트에 대한 공동체 의식이 전혀 없을 것 같았지만, 막상 판을 벌여놓으니 여기저기서 봇물 터지듯 참여 욕구가 터져 나왔다. 천안시 쌍룡 3동 주민들이 발행하고 운영하는 마을 신문이 대표적인 예다. 천안 KYC가 지원만 했다는 이 마을 신문은 주민들이 직접 기사를 쓰고 발행한다.

처음 이 신문이 만들어지기까지 과정이 꽤 체계적이다. 우선 마을 신문 기자를 뽑는다는 공고를 내고, 자원한 사람들을 대상으로 주부 기자 학교를 통해 교육을 했다. 그렇게 뽑힌 열다섯 명의 주부 기자들은 취재하고 기사를 쓰고 후원금도 받아가면서 신문을 직접 발행하기에 이르렀다.

여기서 그치지 않았다. 마을 신문이 정착되고 나자 천안 KYC는 그 동네에 '신나는 가게'를 열었다. 재활용품을 사고파는 시장으로서의 기능이 아니라 마을의 사랑방 역할을 할 수 있는 공간을 만들자는 생각에서 기획되었다. 신나는 가게는 주민들이 직접 비즈 공예나 일본어 강좌를 진행하는 단계에까지 이르렀다. 주민들과 밀착한 지역 운동은 이렇게 자리를 잡아갔다.

근본부터 지역을 바꾼다

천안 KYC가 주민운동을 하면서 중점을 두었던 부분은 지역 주민들과의 관계 형성이었다. 그래서 문화 프로그램을 중심으로 운동을 펼쳐갔다. 이를 바탕으로 천안 KYC는 시민들의 의식 변화 교육으로 무게 중심을 옮겨 지역 운동을 펼쳐가고 있다. 그 첫 출발이 민주 시민교육이다. 민주 시민교육을 시작한 이유는 의식 변화가 있어야 근본부터 개혁이 가능하리라는 판단 때문이었다.

민주 시민 교육의 연장으로 천안 KYC는 천안시와 협력하여 주민 리더십 학교를 열 계획이다. 주민 리더십 학교는 천안 지역의 220개 아파트 주민들을 대상으로 주민자치의 좋은 사례들을 알리

고, 아파트 자치회의 민주적 운영과 이웃 간의 갈등 해결 기술을
교육하며, 자원 봉사 조직과 동아리를 운영하고 지원하는 등 여러
가지 프로그램을 가지고 운영할 계획이다.

천안 KYC는 앞으로 주민 공동체 문화센터를 만들고 주민들 사
이에서 발생하는 민원을 상담하거나 조언해주는 조직을 꾸리려 한
다. 주민운동, 지역 운동이 성격상 공동체 운동이 중심일 수밖에
없는 현실을 감안한 것이다. 더 나아가 그 안에서 법률, 복지, 문화
등의 문제를 전문가를 통해 해결하는 것을 목표로 하고 있다.

주민 리더, 주민 정치가 탄생

지역 운동, 주민운동의 성과가 금세 나타나지는 않았다. 그러나
그 열매는 조금씩 열리고 있다. 천안 KYC의 활동이 주민들에게 큰
호응을 얻으면서 천안 KYC에 대한 믿음이 생겼고, 그 결과 천안
KYC에서 네 명의 시의원이 탄생했다. 그 대표적인 인물이 장기수
전 대표이다.

장기수 전 대표는 지역 주민 활동을 하다 보니 인지도가 높아져
유리한 고지에서 출발할 수 있었고, 그 결과 압도적인 표 차로 당
선되었다. 그는 이미 천안의 명사가 되었나. 지역 주민들이 KYC나
장기수 중 어느 한쪽은 안다고 할 정도이다.

장기수 전 대표는 지역 운동, 주민운동을 했던 사람인 만큼 장기
적으로 도농 복합 도시인 천안시를 도시 공동체로 만드는 것에 관
심이 많다. 학교 급식을 예로 들면, 천안의 농촌 지역 유기농 농산

물을 급식에 사용하는 것이다.

그러나 걸림돌이 없는 것은 아니다. 그가 지역 운동, 주민운동을 하면서 언제나 마지막에 막히는 것이 공무원이고 공공 기관이었다. 일을 벌일 수는 있지만 매듭을 짓지 못하게 되는 것이다. 이제 시의원이 되었으니 얽힌 매듭을 풀 것이라 자신한다. '공무원 마인드'를 바꾸려면 의원이 되어야겠다고 생각했었단다.

장기수 전 대표의 당선으로 천안 KYC는 과거에 욕심은 있었는데 실행하지 못했던 의정 도우미 활동을 하고 있다. 의정 감시뿐 아니라 기초의원들이 의정 활동을 잘할 수 있도록 정보 제공까지 하는 게 목적이다. 장기수 전 대표는 네 명의 시의원이 탄생한 것을 계기로 지역 운동이 좀 더 활성화될 것이라며 기대를 숨기지 않았다.

KYC는 전국 차원에서 '청년이여, 고향으로 돌아가 시장이 되어라'라는 캠페인을 벌였다. 지역 정치인을 육성하는 것이다. KYC가 센터별로 사업을 진행하면서 지방자치정책센터가 만들어졌는데, 이 캠페인이 거기에서 이루어진다.

어떤 운동도 다 그렇지만 지역 운동은 특히 소통이 생명이다. 천안 KYC는 주민들과 함께 호흡하며 자신의 존재를 알렸고, 끊임없이 소통하며 자생력을 길렀다. 주민들의 관심은 거저 생기는 것이 아니다. 그들과 같은 눈높이로 그들이 원하는 게 무엇인지, 그들이 어떤 영역에 관심을 갖는지를 알고 그들과 함께 호흡해야만 호응을 이끌어낼 수 있다.

천안 KYC는 이제 주민들과의 관계 형성을 바탕으로 지역 정치의 장으로까지 주민운동의 지평을 넓혀가고 있다. 모두 소통이 있었기에 가능한 일이다. 다시 한 번 소통의 의미를 곱씹어본다.

상담   원주의료생협
혈압측정

생협 천국 원주의 의료생협 도전기

__강원 원주 원주협동조합운동협의회와 원주의료생협

강원도 원주. 주민들이 만든 협동조합의 움직임이 활발한 '협동조합의 도시'이다. 그 움직임을 느끼기 위해 원주로 향했다.

사람마다 다르겠지만 강원도 원주 하면 나는 무위당 장일순 선생이 주도했던 '한살림 운동'이 떠오른다. 생명 사상에 바탕을 둔 한살림 운동은 유기농 농산물 직거래를 통해 환경 운동과 생활협동조합 운동의 대표적인 모델이 되었다.

아무도 생명 사상에 관심을 기울이지 않던 때, 장일순 선생은 원주의 시민운동가들과 함께 협동조합 운동과 한살림 운동을 벌이며 원주를 협동조합의 도시로 만들었다. 물론 장일순 선생의 공만은 아니다. 지학순 주교, 김지하 시인을 비롯해 많은 진보적 지역 인사들과 활동가들이 원주를 민주화의 도시로, 또 협동조합 운동의 도시로, 그리고 한살림 운동의 도시로 만들었다.

장일순 선생은 세상을 떠났지만, 그가 뿌린 밀알은 원주에 든든히 자리 잡고 있다. 원주는 한살림 운동과 협동조합 운동의 모태로서 여전하다. 원주에서 협동조합운동협의회가 구성되었고, 그 산하에 원주한살림협동조합, 원주생산자협동조합, 남한강삼도생활협동조합, 노인생활협동조합, 성공회 나눔의 집, 천주교 생활후견기관, 작은학교, 공동육아협동조합, 상지대 대학생활협동조합, 원주의료소비자생활협동조합(원주의료생협) 등 각기 다양한 성격의 협동조합이 활발한 활동을 벌이고 있는 것이 그 증거다. 이 중에서 남한강삼도생활협동조합은 강원도, 경기도, 충청도 합수머리 인근 주민들이 만든 협동조합으로 총회도 세 도에서 돌아가면서 연다. 노인생활협동조합은 우리나라에서 처음 생긴 것으로, 노인들의 일자리 창출을 목적으로 한다. 작은학교는 대안 학교다.

협동조합은 공동으로 소유되고 민주적으로 운영되는 자발적인 조직이다. 원주라는 지역 안에서 먹고, 자라고, 교육받고, 일하고, 나누고, 태어나고, 병을 고치고, 죽음에 이르는 생의 모든 과정이 생협을 통해 자발적으로 이루어지고 있었다.

조합원과 조합 사이

원주는 아주 특별한 도시다. 원래는 2군 사령부가 있는 군사도시였는데, 경기도에 3군 사령부가 생기면서 축소되었다. 그래서 인권 운동과 재야 운동이 시작되었는지도 모르겠다.

민주화 운동을 하다 보니 불쌍한 사람들이 많이 생겨났다. 그 사람들을 조금씩 돕기 위해 장일순 선생과 지학순 주교가 협동조합 운동을 시작했다. 원주를 떠난 사람들이 신용협동조합을 조직하기도 했다. 협동조합이 많을 때는 여든네 개까지 되었다고 한다.

최정한 원주협동조합운동협의회 이사장의 말에 따르면, 협동조합을 만든 이유 중 하나가 서민들이 금융권에서 돈 빌리기가 하늘의 별 따기여서 서로 공생하기 위한 것이었다고 한다. 그렇게 만들어진 협동조합은 강원도 지역의 든든한 경제적 기반이 되었다.

그러나 IMF 때 원주의 협동조합도 된서리를 맞았다. 원주 인구가 20만 명이 넘을 때 원주에는 스물한 개의 협동조합이 있었다. 그러나 IMF 이후 열세 개로 줄었다. IMF 이후 상권이 죽고 대출금이 회수되지 않아 부실 조합이 많아졌기 때문이었다. 지금 남아 있는 협동조합들은 어렵지만 서로 도와가며 이끌어가고 있다. 원주 시민들의 든든한 믿음 덕분이다.

'밝음신협'은 570억 원 정도의 자산과 스물네 명의 직원을 보유하고 있다. 만 5천여 명의 조합원들이 적은 돈을 출자해서 운영하고 있다. 신협이 하는 사업 중 직원들이 직접 다니며 신협의 예탁과 대출 업무를 해주는 파출 팀이라는 게 있다. 말하자면 움직이는 은행인데, 파출 팀을 운영하니 조합과 조합원 사이의 관계가 깊어질 수밖에 없다. 심지어 조합원 집에 가서 돈 통에서 돈을 꺼내 파출 팀이 직접 기입해놓고 오기도 한단다.

협동조합의 근간은 조합원이다. 조합과 조합원 간의 믿음이 없으면 협동조합은 뿌리부터 흔들릴 수밖에 없다. 원주는 협동조합의 오랜 역사만큼 원주 시민들과 신뢰를 쌓았다. 그러니 '협동조합의 도시'라는 별칭을 갖게 된 건 당연한 일이리라.

대부분의 협동조합이 카드 결제를 하면 일단 밝음신협으로 들어갔다가 나간다. '우리 조합 통장 갖기 운동'을 하고 있는데, 다른 협동조합이나 사회단체들도 모두 밝음신협과 금융 거래를 하여 협동조합운동협의회에게도 도움이 된다고 한다.

반대로 한살림이 생산된 물건을 팔 때, 그리고 원주생협에서 친환경 쌀을 팔 때 밝음신협이 그것을 산다. 김장을 할 때도 조합 내에서 유기농으로 재배한 배추를 가지고 한다. 이렇게 서로 지원하면서 살아가는 도시가 원주다.

의료 기관도 시민들의 참여로

몸이 아플 때 병원에 가보지 않은 사람은 드물 것이다. 병원의 의료 서비스에, 의사의 태도에, 진료 방식에 불평해보지 않은 사람도 드물 것이다. 내 몸이 아파서 돈을 지불하고 병원에 가서 진료를 받지만, 때로는 의료 서비스의 질이 떨어지기도 하고, 의사가 별다른 설명도 없이 처방을 내리기도 한다. 또 때로는 오랜 기다림 끝에 의사를 만났지만 진료 시간이 고작 몇 분밖에 안 되는 경우도 있다.

의료생협이란 게 낯설었던 7년 전, 이런 불만에서 대전의료생협보다 조금 늦게 원주의료생협이 시작되었다. 협동조합의 도시 원주답게 시민의 힘으로 좋은 의료를 해보자며 협동조합 형식으로 문을 연 것이다. 최혁진 원주의료생협 기획이사의 말에 따르면, 의료 서비스의 주체는 시민이 되어야 하고, 의료 서비스는 민주화되어야 한다. 그때도 그렇고 지금도 그렇다. 이것이 원주의료생협의 출발점이자 종착점이며, 이 말에 원주의료생협의 목표뿐만 아니라

갈 길이 모두 담겨 있다.

그러면서 원주의료생협은 두 가지 원칙을 세웠고 지키려 노력한다고 한다. 하나는 의료의 본질에 충실하자는 것이다. 의료라는 것이 인간의 건강을 책임지는 것인데, 그 의료가 점점 상품화되어 가고 있다. 그 점에 원주의료생협의 문제의식이 있다.

또 하나는 전문가의 영역이 되어가는 의료의 벽을 허무는 것이다. 유럽의 경우에는 의료 서비스의 공공성을 강화하고 있지만 시민의 건강이 좋아지지 않고 있고, 미국의 경우에는 의료가 너무 상업화로 치달아 저소득층이 의료 서비스를 제대로 못 받고 있다. 의료를 전문가만의 영역으로 가둬놓지 않고 시민의 힘에 의해서 보건 문제가 다루어질 때 이런 문제점을 해결할 수 있을 것이다.

우리는 원칙을 지킵니다

원주의료생협은 밝음의원과 밝음한의원 등의 병원을 운영하고 있다. 천 2백여 명의 조합원들이 출자해 만든 이 병원은 원주의료생협의 목표를 실험하는 장이다. 그 실험은 환자와 일상적인 이야기를 하며 친절하게 진료하는 소소한 일부터 시작해 항생제 처방을 줄이는 일까지 모든 방면에서 이루어지고 있다.

원주의료생협에서는 진료를 하면서 항생제를 적게 사용하려고 한다. 세계보건기구가 적절하다고 권고하는 항생제 처방률은 10퍼센트이다. 작년 원주의료생협 항생제 처방률이 10.3퍼센트이니 그 기준을 거의 맞춘 셈이다. 그러나 최근 우리나라의 항생제 처방률은 50퍼센트 내외나 된다. 그만큼 항생제가 과다 사용되고 있는 것이다.

또한 진료 수입에 급급하기보다 적정 진료 수를 지켜가려고 한다. 적정 진료 수란 의사 한 사람이 볼 수 있는 환자의 숫자를 말하는데, 그 수를 넘어서면 제대로 된 진료를 할 수 없다. 그래서 의료인을 늘려야 하는 것이다. 양방의 경우 하루 최대 50여 명을 진료하는 것으로 한다. 50명을 넘어서면 오진율도 높아지고 상담 시간도 충분히 못 가지게 마련이다. 한방의 경우에는 서른다섯 명을 최대치로 본다. 그 이상 늘어날 때는 의료인을 확충하자고 한단다.

원주의료생협은 이런 원칙들을 지켜가면서 생존해갈 수 있는 방법을 고민하고 있다. 진료 시간을 늘리고 항생제 처방을 줄이는 것은 원주의료생협의 목표와 부합되는 것이지만, 그만큼 어려움도 안겨준다. 우선 진료 시간을 늘리는 것은 의료인을 더 구해야 하는 문제로 귀결되는데, 문제는 의료인을 구하기가 쉽지 않다는 것이다.

일본만 하더라도 의사, 간호사, 보조원 등 5만 명 정도로 구성된 '민주의료연합'이라는 집단이 있다. 또 여기에 소속된 기관이 천 5백 개나 되는데 그 가운데 천 2백 개가 협동조합의 형태이다. 한국에는 이런 조직도 없고 그런 의료 기관도 찾아보기 힘들다. 파트너십을 가진 의료인을 찾기가 어려운 것이다. 또 의료인들이 오랜 시간 동안 상업화된 의료 기관에 익숙해져 있기 때문에 시민과 공감하는 데 시간이 걸리는 문제점도 있다.

의료인 구하는 것만큼이나 어려운 것이 환자들과의 교감이다. 항생제 처방이나 약 처방에 익숙한 환자들은 항생제 처방을 하지 않는 데 불만을 가진다. 원주의료생협에서 운영하는 병원에 갔더니 주사도 안 놔주고 빨리 낫지도 않는다고 불평하는 사람도 있다. 병원 가면 무조건 주사 맞고 약 처방을 받아야 한다고 생각하는 사람들에게, 그것이 능사는 아니라고 설득도 해야 하는 것이다.

소신껏 의료를 할 수 있는 의료인을 찾는 것도 힘들고, 함께 공감하는 시민 집단을 만드는 것도 쉽지 않다. 어느 쪽에서든 공공 보건의 위치를 인정받지 못하고 있다. 보건 의료 단체에서는 공공 보건이라고 하면 국가의 역할이라고 생각하고, 또 어떤 쪽에서는 공공 보건을 시장의 관점에서만 보고 시민 중심의 제3섹터 의료를 무시하는 경향이 있다. 이런 지점 한가운데에 원주의료생협이 놓여 있다. 경계에 서 있는 것이다.

이런 문제들과 원주의료생협의 환자 권리장전을 이야기하면서 최혁진 기획이사가 각오를 밝힌다. 앞으로 원주의료생협은 상업화의 유혹을 거부하며 배고픈 기간을 많이 견뎌낼 것이라고 말이다.

진료소냐 사랑방이냐

원주의료생협은 의료 서비스의 질을 높이는 것뿐만 아니라 저변도 확대하고자 한다. 일명 찾아가는 의료 시스템을 확대하는 것인데, 반경 5백 미터 이내의 주민들을 상대로 진료소, 즉 주민건강센터를 만들고, 그 이상이 되면 그 수를 늘리는 것이다. 이때 5백 미터의 의미는 노인의 걸음으로 10분쯤 걸리는 거리이다. 고령자가 10분을 걸어 찾을 수 있고, 응급 상황일 때 곧바로 주민들을 방문

원주의료생협의 환자 권리장전

환자는 투병의 주체자이며, 의료인은 환자를 치유의 길로 이끄는 안내자
이다. 환자는 이윤 추구나 지도의 대상이 아니라 존엄한 인간으로 존중받
는 가운데 치료받을 권리가 있다. 이에 우리는 모든 환자의 다음과 같은
권리를 존중한다.

01 알 권리   모든 환자는 담당 의료진으로부터 자신의 질병에 관한 현재
상태, 치료 계획 및 예후에 관한 설명을 들을 권리가 있으며, 검사 자료를
요구할 권리도 있다.

02 자기 결정권   모든 환자는 치료, 검사, 수술, 입원 등의 치료 행위에 대
한 설명을 듣고 시행 여부를 선택할 권리가 있다.

03 개인 신상 비밀을 보호받을 권리   모든 환자는 진료 과정에서 알려진 사
생활 및 신체의 비밀을 보장받을 권리가 있다. 또한 담당 의료진이나 그
외 법적으로 허용된 사람을 제외하고는 개인의 의무 기록 열람을 금함으
로써 진료상의 비밀을 보장받을 권리가 있다.

04 배울 권리   모든 환자는 질병 예방, 요양 및 보건 등에 대해 학습할 권
리가 있다.

05 진료받을 권리   모든 환자는 어떠한 경우에도 최선의 치료를 받을 권리
가 있다. 또한 비합리적 의료보장 제도의 개선과 자신에게 유해한 생활환
경, 작업환경을 개선하도록 국가와 단체에 요구할 권리가 있다.

06 참가와 협동   모든 환자는 의료 종사자와 함께 힘을 합쳐 이를 지키고
발전시켜나갈 권리가 있다.

할 수 있는 거리이다.

이들의 목표는 주민건강센터를 치료받는 공간이 아니라 주민들이 여러 문제를 들고 찾을 수 있는 공간으로 만들어보자는 것이다. 그러니까 반경 5백 미터 안의 주민들을 이웃으로 만들어보겠다는 것이다. 이들이 원주의 시민 사회 단체들과 좋은 관계로 협동조합운동협의회에 참여한 것도 네트워크를 형성하면 다양한 주민들의 문제를 해결할 수 있기 때문이다. 네트워크를 통해 장애인 기관이나 여성 단체 등 여러 단체에 인계하고 소개하고 조정할 수 있다는 것이다. 이른바 5백 미터 마을 반경 안에서의 토털 서비스다.

그뿐 아니다. 원주의료생협은 보건과 건강에 관련된 일자리 창출도 고민하고 있다. 그렇게 해서 만들어진 것이 '간병사업단'이다. 4년째 운영해온 간병사업단에는 현재 20여 명이 일하고 있다.

간병사업단을 만든 것은 시민의 힘을 키운다는 목표를 밖이 아닌 원주의료생협 내부의 문제로 인식한 결과다. 노동, 자본의 소유와 경영이 하나가 된 기업체, 즉 노동자가 기업의 소유자가 되어 경영에 참가하는 사업체인 워커즈 콜렉티브Workers Collective 제도를 도입한 것도 그 이유다. 그 결과 간병사업단은 각자가 투자하고, 철저히 자주적으로 관리하는 사업체로 탄생했다. 현재 간병사업단의 대표는 원주의료생협의 당연직 이사로 참여하고 있으며, 자율적으로 간병사업단을 운영하고 있다고 한다.

의료생협 안에는 또 다른 교육 워커즈 콜렉티브가 운영되고 있다. 협동조합 네트워크는 그것을 기반으로 시민들의 일자리를 창출하기 위해 만들어진 것이다. 협동조합도 경제 사업을 하다 보니 자칫하면 전문가주의뿐만 아니라 경제주의, 관료주의에까지 빠질

위험이 있다. 그것을 조합원 참여로 극복하자는 취지로 만든 게 교육 워커즈 콜렉티브이다. 현재 교육 워커즈 콜렉티브, 그중에서도 교육 팀에서는 협동조합운동협의회의 잡지 《원주에 사는 즐거움》과 민우회 회지, 원주의료생협 회지 등 시민 단체 회보들을 만들고 있다. 활동가들의 명함도 만든다.

또 다른 교육지원 팀에서는 지역아동센터를 운영하고 있다. 다른 지역 지역아동센터로 교육 지원도 나가고 YMCA 방과후학교에도 나간다. 문화기획 팀은 각종 행사를 진행한다.

의료생협이 공공 보건을 지킨다

현재 원주의료생협은 재래시장 안의 영세 상인들을 대상으로 정기적으로 방문 간호를 하고 있다. 재래시장 주민들이 어떤 건강 문제와 복지 문제를 가지고 있는지 천 3백 가구의 생활환경 조사를 했고 계속 확대하고 있다.

노동 보건 사업도 진행하는데, 근로 환경이 좋지 않은 영세 상인들을 대상으로 학습 모임을 갖고 민주노총과 교류하면서 환경을 개선해보자고 논의하고 있다. 비교적 관심이 적은 노동 보건이나 노동 건강에까지 관심을 기울이려 하고 있는 것이다.

최혁진 기획이사의 말처럼 원주의료생협이 할 일은 무궁무진하다. 재정적인 어려움이 크다고 말하면서도 그는 앞으로 할 일에 대해 끊임없이 이야기하고 있다.

우선 보건 의료 단체들과 접점을 찾아보려고 한다. 일본은 중산

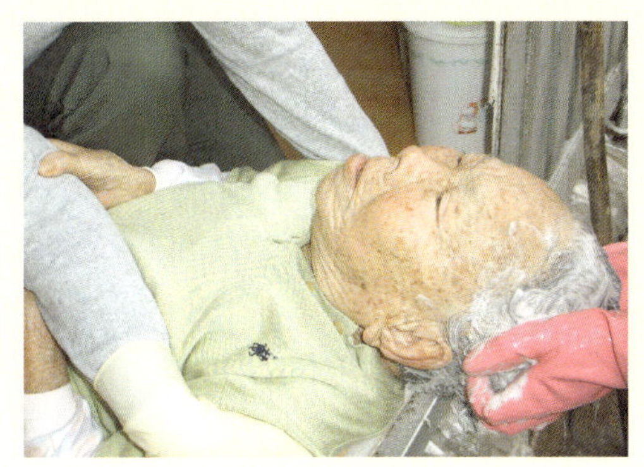

"아이고~. 이곳이 병원입니까, 사랑방입니까?"
"우리 원주의료생협은 병을 고치는 진료소이면서
건강 정보를 나누는 주민건강센터이면서
마음을 고치는 마을 네트워크라고 할 수 있죠."

층이 탄탄하게 형성되어 있어서 조합원들로부터 자본금을 충분히 확보할 수 있다. 또 의료생협이 일본 진보 진영의 큰 과제로 떠오르면서 의료를 어떻게 민주화할 것인지 공산당과 민주당 등 모든 정파가 각자 추진해왔다.

그런데 한국 사회에서는 의료생협과 보건 의료 단체들이 함께하지 못했다. 보건 의료는 정부가 책임져야지 시민사회에 떠넘겨서는 안 된다는 보건 의료 단체들의 생각 때문이다. 하지만 정부가 제대로 못하는 부분들을 의료생협을 통해 시민들이 나서서 채울 수 있을 것이다.

무엇보다 청년 의료인을 양성해야겠다는 생각에 의료인의 한일 교류도 추진하고 있다. 그리고 네팔이나 방글라데시에 한국과 일본의 의료인들이 공동으로 의료봉사를 나가서 어려운 나라의 실정을 알고 의료인으로서 어떻게 살아가야 할지를 고민해보려고 한다.

최혁진 기획이사는 사이비 의료생협이 늘어나고 있다며 안타까워했다. 일반인, 특히 지역 유지들이 상업적인 목적으로 의료생협을 만들고 있다는 것이다. 그래서 보건복지부에서 의료생협을 완전히 없애려는 생각도 하고 있었다고 한다.

그는 의료생협이 공적 보건 시스템을 보완할 수 있는 대안이라고 생각한다. 노무현 정부 시설 전국에 도시형 보건소를 짓겠다고 공약했다. 그러나 진행 속도가 더디다. 하나 만드는 데 너무 큰돈이 들어가기 때문이다. 큰돈을 들여 보건소를 짓기보다는 지역에서 잘 운영되고 있는 의료생협과 파트너십 관계를 유지하면 의료 서비스에서 소외되는 계층에게 의료 서비스를 제대로 제공할 수 있게 될 것이다.

　재래시장 상인들이 보건소를 이용하지 못하는 것도 문제다. 한두 시간 자리를 비우고 갈 수가 없기 때문이다. 대도시는 의료 과잉 상태지만, 중소도시나 농촌 지역은 병원이 너무 멀리 있다. 거기까지 찾아갈 차비가 없어 포기하는 사람도 많다. 그럼에도 행정 관리들은 이런 어려움을 생각하지 못한다. 그러나 의료생협은 재래시장 한가운데 있으니 시민들과 늘 함께할 수 있지 않을까?

　제3섹터 기능을 통해서 공적 의료 시스템을 보완할 수 있다. 도시형 보건소를 만드는 데 3억 5천만 원은 기본으로 들어간다. 많은 비용이 들어가는 그 자리를 의료생협이 보완할 수 있다.

　의료 서비스 질의 향상과 보건 시스템의 보완. 원주의료생협은 그런 원대한 꿈을 꾸고 있었다. 그 꿈은 시민들과 함께 호흡하며 진정한 의료 서비스를 행할 때 실현될 수 있을 것이다. 협동조합의 도시 원주에서 원주의료생협이 또 하나의 아름다운 성과를 거둘 수 있기를 바란다.

마을 희망 찾기에 도움 주신 분들

● 충북 단양 한드미마을
　정문찬(한드미마을 이장).
　www.handemy.org, 043-422-2831.

● 경남 남해 다랭이마을
　김주성(다랭이마을 테마추진위원장, 다랭이마을 이장), 김학봉(새마을 지도자).
　http://darangyi.go2vil.org, 010-4590-4642.

● 충북 청주 육거리시장
　민성기(청주 육거리시장 상인연합회 회장).

● 강원 태백 태백자활후견기관
　원응호(태백자활후견기관 관장).
　www.tbjahwal.or.kr, 033-553-8888.

● 전북 임실 치즈마을
　이진하(치즈마을 운영위원장, 예가원영농조합법인 대표, 농업경영연구소장),
　송기봉(좋은샘목장 · 이풀영농조합 대표), 이병환(화성마을 이장),
　김상철(숲골유가공 대표이사).
　http://cheese.invil.org, 063-643-3700.

● 충북 괴산 솔뫼농장
　이형근(솔뫼농장 대표), 김의열(솔뫼농장 총무), 김천규(솔뫼농장 회원, 유정란),
　정천복(솔뫼농장 회원, 기계설비 · 시설관리), 김기열(솔뫼농장 회원, 유정란).
　http://solmoefarm.com, 043-833-8810.

● 전북 부안 산들바다공동체
　이백련(산들바다공동체 회장), 정대성(산들바다공동체 총무),
　김소원(산들바다공동체 회원), 이현민(부안 시민발전소 소장).
　063-582-8768.

● 경북 의성 쌍호공동체

　김정상(쌍호공동체 회장), 우영식(가톨릭농민회 안동교구연합회장),

　진상구(가톨릭농민회, 의성군농민회 회장), 강성중(가톨릭농민회 안동교구본부 총무).

● 강원 횡성 지역순환영농조합법인 '텃밭'

　윤종상(텃밭 대표), 홍경자(텃밭 대표), 한영미(횡성여성농업인센터 대표).

　033-345-5060.

● 충북 괴산 친환경 농자재 은행 '흙살림'

　이태근(흙살림 회장).

　www.heuk.or.kr, 043-833-8179.

● 경남 마산 부림시장

　유창환(프로젝트 쏠 대표), 강민제, 정호, 천성진, 천시진(이상 미술 작가).

● 경북 고령 개실마을

　김병식(개실마을발전위원회 위원장), 김병만(개실마을발전위원회 부위원장),

　김종수(개실마을발전위원회 추진위원, 농촌지도자 고령군연합회장),

　허찬수(고령군 기획감사실 균형발전 담당), 김광호(고령군 주민자치과 건축 담당),

　이경태(개실마을부녀회 총무).

　http://www.gaesil.net, 054-956-4022.

● 강원 원주 원주한지문화제

　김진희(원주한지문화제 집행위원장, (사)한지개발원 상임이사, 원주시민연대 대표),

　이선경(원주한지문화제 기획위원장, 원주시민연대 정책실장).

　www.wjhanji.co.kr, 033-766-1366.

● 인천 배다리마을 대안 미술 커뮤니티 '스페이스 빔'

　민운기(스페이스 빔 문화기획자).

　http://www.spacebeam.net, http://www.vaedari.net.

● 전남 장흥 문화 공간 '오래된 숲'

　김규탁(장흥환경연합 공동의장), 김권(장흥환경연합 공동의장),

　이창우(어린이도서관건립추진위원회 사무국장), 문충선(장흥문화마당 대표),

　천승룡(장흥환경연합 사무국장), 박형무(장흥문화마당 총무),

　조연희(공공 미술 단체 'You Are Art' 대표), 김종명(전교조 장흥지부장).

　061-863-2333.

● 부산 반송동 '희망세상'
　고창권(희망세상 전 회장, 해운대구 구의원), 김형도(희망세상 회장),
　김혜정(희망세상 사무국장),
　이승훈(교육복지투자우선지역지원사업 반송 지역 프로젝트 조정자),
　석연실(희망세상 사무국 총무간사), 정화언(희망세상 행복한 나눔가게 팀장),
　김태성(희망세상 좋은아버지모임 기획홍보팀장), 김선미(희망세상 운영위원).
　http://www.sesang.or.kr, 051-542-1295.

● 충북 청주 금천동 마을장학회
　어윤만(금천동 주민자치위원장), 김종욱(금천동사무소 동장).

● 경남 김해 생명나눔재단
　임철진(생명나눔재단 사무총장), 김애영(생명나눔재단 간사).
　www.lifeshare.co.kr, 055-335-9955.

● 충남 천안 한국청년연합회(KYC)
　권혁술(천안 KYC 공동대표, 법무사), 장기수(전 천안 KYC 공동대표, 천안시의회 의원),
　강윤정(천안 KYC 사무국장).
　http://cakyc.or.kr, 041-578-9484.

● 강원 원주 원주협동조합운동협의회와 원주의료생협
　최정한(원주협동조합운동협의회 이사장), 최혁진(원주의료소비자생활협동조합 기획이사),
　김용우(원주협동조합운동협의회 지역농업위원장).
　http://wjcoop.or.kr, 033-734-1844,
　http://wjmedcoop.or.kr, 033-744-7572 · 7573.